我不愿过低配的生活

何日君回来 著

DIPEI

文汇出版社

图书在版编目 (CIP) 数据

我不愿过低配的生活 / 何日君回来著 . — 上海：
文汇出版社 , 2017.5
ISBN 978-7-5496-2064-7

Ⅰ . ①我… Ⅱ . ①何… Ⅲ . ①随笔 - 作品集 - 中国 -
当代 Ⅳ . ① I267.1

中国版本图书馆 CIP 数据核字 (2017) 第 070497 号

我不愿过低配的生活

著　　者 / 何日君回来
责任编辑 / 戴　铮
装帧设计 / 天之赋设计室

出版发行 / **文匯**出版社
　　　　　上海市威海路 755 号
　　　　　（邮政编码：200041）

经　　销 / 全国新华书店
印　　制 / 北京毅峰迅捷印刷有限公司　　010-89581657
版　　次 / 2017 年 5 月第 1 版
印　　次 / 2017 年 5 月第 1 次印刷
开　　本 / 710×1000　1/16
字　　数 / 149 千字
印　　张 / 15

书　　号 / ISBN 978-7-5496-2064-7
定　　价 / 35.00 元

天涯总归有路走

低配置，少资源，没自由的生活，我不愿意过。

在很小的时候，我就已经能够读懂资源缺乏背后的潜台词。人们跟富人、穷人怎么说话，对官员、平民是什么姿态，只要你仔细观察，就会发现区别很大。

我第一次体会到这种滋味，是我高考考得不好，离本科线差 20 多分。我爸带我去约人谈报志愿的事，他跟对方潦草地聊了几句就走了，好像没把这事放心上，类似于在商场看中一件心仪的衣服，因为价格太高不得不放弃，却装得很不在乎："我先看看别的。"

我知道真实的世界是怎样的："衣破狗来咬，路绝逢断桥，人间白眼多，世上真情少。"但是，我不打算给读者传递类似"有钱就是幸福"这种偏激的观念，更不希望你们没钱——最好是大家都越来越有钱，越来越自由。

去年我去成都玩，认识了一个好朋友，她对我说："你的文章我超爱看。"

我摇摇头："我写得并不好，很多人要是坚持写，都比我写得好。"

"那些人坚持了吗？并没有，大家看的还是你写的。"

优秀分为两种，一种是天赋。黄霑说他写了一辈子歌词，合起来也顶不上粤剧天才编剧唐涤生的一句唱词"落花满天蔽月光"。但是，对我们这些普通写作者来说，一生大概也写不出"沧海一声笑，滔滔两岸潮"这样一句好唱词。

另一种是坚持。无法做一个创造者，就做一个匠人，精打细磨手艺——别人打磨我打磨，别人放弃了我还打磨，最后即便不会成为人上人，也不至于太差。

我写作十年，才出了第一部小说集，十一年才出了第一部杂文集。我跟那位成都的朋友这么说的时候，她说："为什么不把'才'换成'到底'，晚了一些，但到底来了。"在离开成都的时候，她跟我说："一技在手，安全感，我有。希望你与我都能常常觉得，在人世间行走，自己是安全的。"嗯，与大家共勉：一技傍身，天涯总归有路走。

在新书的序言里，我要感谢我的父母，虽然他们不曾给我大富大贵，但是用心呵护着我，让我有付出爱和获取爱的能力；对我管束少（好的，其实是管不住），让我的内心一直保持着高度的自由。

我还要感谢我们公司的领导和同事，是你们包容了我的坏脾气和公主病。

最后感谢所有一直看我的文章，以及给我建议的读者，是你们见证了我的成长，鼓励了我。在人生的修行路上，遇到你们，我很开心。

目 录
Contents

第二辑：生活不在别处

第三辑：喜欢是多么廉价的一种情感

第四辑：婚姻没有那么容易

第一辑：你不是一个"运气"糟糕的人

你是一个"运气"糟糕的人吗？

昨天和一个被前夫打聋了耳朵的女友约会，她正跟一个男人拉扯。据她描述，这个男人平时很少联系她，常和好几个女孩子暧昧交往，每次来找自己，都是感情陷入低谷时。饶是如此，她还是扯着我问了一天：这个男人究竟爱不爱她，如果不爱她，为什么每次回来都会给她带礼物？

我真是忍了又忍，才没把那句恶毒的话说出口："现在知道你被前夫打聋耳朵不是没有原因的了。"

就是这位女友，每次见她，都要听她一番哭诉，说自己运气不好，才找到那样的前夫。从前，我也同情她，但现在我忽然发现了一个真理：一个人倒霉，未必是上帝跟他过不去，没必要时时刻刻都拿"运气"做挡箭牌。

当然，世界上是有"运气"这回事。比如，谁年纪轻轻，生活作息良好，人也善良，但是忽然得了不治之症。又如，谁一下中了 500 万的彩票。然而，还有很多事情人们将其归类为"运气"，其实这跟"运气"一毛钱关系都没有。

我的一位同事，一年丢了 3 个苹果手机，运气不好吧。

然而，我的另一位朋友，约好和我看一场 17：00 的电影，结果误将时间看成晚上 7：00，白白浪费一张电影票。更令她抓狂的是，就在晚上逛街时，她新买的衣服也被遗落在某家商店里，于是哀叹连连：今天运气不好。

原来愉快的假日，也被"运气"抹上一笔忧愁的黑色，依我看，"运气"在这里真是太冤枉了。

不知大家有没有发现，同一个宿舍里，常丢手机的总是同一个人；一直持续不断遭遇渣男的，也是相同的那个人——你能说那是运气吗？

同一个水坑，掉进一次，可能是因为你运气不好；但是掉进去十次，只能怪自己眼瞎、没记性，这和运气真的没关系。

几年前，邻居给我介绍了一个相亲对象，我当时因为害羞就和女友一起去相亲。我并不喜欢那个男人，表现很冷淡，然而女友急着嫁人，对他特别热情，那男人马上改追她了，当天晚上就给她发暧昧信息。

女友也没觉得有啥不对劲，很快就和他结婚了。后来发现他是个赌棍，就算发现了，她竟然还给他生了孩子。

她自己说，当时对方信誓旦旦地表态，不会再赌了，又那般浓情蜜意，自然而然就生了孩子。好吧，孩子生了，那个男人却继续借高利贷，继续赌。

我们都劝她离婚，她又犹豫，说孩子不能没有爸爸。现在发展到她帮着老公在外面借钱，朋友都不接她电话了。

这种人，你能说她运气不好吗？老天爷给了她好多暗示，她就是不接茬儿，非按照自己的思维来判断：上了当，就哭诉命不好，运气差。

哎呀，"运气"表示它已经醉了：这一切到底关我啥事？

朋友的妈妈，每天都不开心，冷漠脸加怨妇脸，为什么？她觉得遇人不淑。

朋友的爸爸很大男子主义，除了在外面挣钱和关心孩子的学业外，基本不进厨房，也不做一点儿家务——在他的意识里，男人就不该做那些事。

单从做家务的角度来看，朋友的妈妈当然运气不好，但是她稍微换个思维也许就好受了：老公那么能挣钱，不做家务怎么了？哪有人的老公是既挣钱多，回来又早，还能把家务全揽下来的？

况且，他又不反对你找钟点工帮忙，你就去雇保姆啊！自己舍不得钱，非得扛下所有事，又不甘心总是这样，所以一天到晚给老公脸色看，而老公竟还一如既往地爱她——这还叫运气不好吗？我看已经够好了！

很多时候，与其说是你"运气"不好，不如直面现实，承认那是自己的过失。

坦白来说，走到某个绝境，除了10%的糟糕运气是老天安排的，剩下的90%可能都是我们自己选择的——用我们糟糕的生活细节，以及糟糕的思维模式。

"被歧视" 妄想症

某女友的老公收入少，经济状况比较糟糕。她一直换工作，又被公婆催着生儿子，于是生了二胎。

有件事，她提了又提，大概是：新到一家公司后，她觉得自己穿着比较平价，办公室的同事有点儿瞧不起她。直到有一天，同事发现她新买的保温饭盒和保温杯是膳魔师品牌的，才友善起来。

我问她："你同事最初怎么不友善了？后来看到你用膳魔师的杯子和饭盒，又怎么变得友善了？"

她说："具体说不出来，就是有这种感觉。"

其实，在她第一次跟我说膳魔师的杯子时，我真的毫无概念。后来她又提了几次，我才好奇地去淘宝搜了下这个品牌，然后发现我现在用的保温杯（另一个朋友送的）就是这个牌子。

但是，我身边的同事以及我自己，没一个人注意到我的保温杯是什么品牌，或者，哪怕注意到了，大家也不觉得那是需要拿出来说的事。

于是，我就有了个阴暗的想法：她的同事根本没有看不起她，而是她对自己的经济现状不满意，觉得买了个膳魔师的杯子很有面子而已。

一个人所说的关于别人怎么看他（她）的结论，多半是源于他（她）怎么看待自己的反射。有时候，到底是别人的势利，还是我们自己的虚荣，导致我们有了"被歧视"的感觉？一个人能感觉到的外界的反馈，究竟是外界真实的反馈，还是自己的内心在作祟？

生活中，很多人说，某某狗眼看人低。比如，商场里穿着光鲜亮丽的导购，往往会通过看穿着待人。在我身上，就发生过一件有趣的事。

我在一家护肤品公司做会计时，月底要去专柜做库存盘点。有次去上海某专柜盘点，到吃午饭的时候，BA跟我说："你帮我看下店，我出去吃个快餐，就10分钟，拜托拜托，商场不许吃中餐的。"

真的只用了10分钟，BA又光鲜亮丽地出现在我面前。

我盘点到最后，发现少了一支身体霜中样。因为公司要求几倍价格赔偿，BA急得到处找，她满头是汗，还说她一个月辛辛苦苦，底薪3000元不到之类的。

我于心不忍，觉得也就一支中样，最后给调平算了。

看，哪怕她们真的歧视你（多半还都不是，她们更青睐光鲜亮丽的人，是因为那些人更可能给她们带来收益），但是你需要在乎她们的歧视吗？

别看商场里的导购看上去都"高大上"，每天跟高端护肤品、服装打交道，事实上，她们跟你一样，都只是生活中的普通人而已。

很多嘲笑你的人，如果让你们坐在同一张桌子上，把财产全部折算出来，对比一下，没准他比你穷多了。所以，你在乎这个，究竟是为了什么？

那么，有钱人呢？有钱人总能歧视你了吧？

首先，有钱人里总有正直友善的。我有些朋友家境殷实，但是她们生活朴素，甚至比我朴素得多，所以根本不会为了那种物化的东西嘲弄我。

其次，有钱人里的确有那种优越感一流的人。但是，你必须知道，他们根本没空嘲笑你——对他们来说，时间太宝贵了。一个人管理一家甚至几家公司，每天签文件都签得手软，还要兼顾家庭，他们有空去看不起你吗？

仔细一分析，你就会发现，"谁谁谁看不起我"这个论点没有任何价值，且不说，那些是不是源于你内心的"被歧视妄想症"：人家根本没这么想，你非得觉得人家这么想了。

事实上，很多真正有资格看不起你的人，他们的素质不容许自己这样做。更重要的是，他们的时间不容许自己这样做。

如果真的存在所谓的"歧视"，就是那些一个月工资 3500 元的看不起一个月 3000 元的，一个月工资 3000 元的又看不起一个月 2500 元的人，这究竟有什么意思？比"low"会上瘾是吧？

"虚荣"这个东西，最好把它当作"泛泛之交"，偶尔碰一碰面是好的，但决不能当它是挚友和伴侣，因为它出现的次数太过频繁，将给你的生活带来不必要的麻烦和困扰。

头上能长毛，你愿意当秃子吗？

看过好几篇写穷人思维的文章，大都有"站着说话腰不疼"的嫌疑。用富人思维来看穷人，显然是不客观的，至少我以为，若要懂得"穷人思维"，先要懂得"穷人的困境"。

穷人的困境在哪里？不在于三餐一宿，也不在于买不买得起华服、珠宝，而是丧失了"话语权"和"选择权"。

前者非常好理解，以我本人为例：其实我真的不喜欢车，也不喜欢开车，我最喜欢的时光之一，就是坐在地铁或公交上胡思乱想——这种喜悦的心情，远远超过自己开车时刻要注意前面路况的紧张心情。

但是，我从来不跟人说"我不喜欢名车，我也不会开车"，为什么？因为许多人可能嘴上回应"是吧"，心里却默默嘀咕："你买不起就直说，干吗还端着架子，讲面子呢？"这种情况不在少数。

曾经在天涯看过一个帖子，楼主说自己年薪百万，但是最爱在家做家务，擦窗户、地板，既能搞卫生又锻炼身体。不少网友的留言却是这样的："哟，楼主，你吹什么牛呢？年薪百万的人不知道请保姆，还自己搞卫生，是要笑死人吗？"

还有，某经济状况不好的楼主说，他出去吃饭，剩菜都懒得打包。其实，这完全可能是他本人嫌麻烦的性格导致的，结果下面回帖的人都是这样写的："穷人就爱讲面子，人家有钱的都不这么'作'，活该你穷！"

对于穷人来说，悲惨的是，大众会完全跳过你本人这个"个体"，而对你所属的整个阶层定位，哪怕有些东西你千真万确不喜欢，但人们都会给你贴上一个"吃不到葡萄说葡萄酸"的标签。

在这种情境下，穷人只有三条路选择：一条是强烈、过激却缺乏底气的敏感抗争，跟富人势不两立，恶意揣测富人的生活遭遇，就像富人公司破产跟自己中了彩票一样高兴；一条是自暴自弃，类似的表现如自嘲、自甘堕落，不求上进；还有一条是选择沉默，放弃"话语权"。

至于"选择权"，我想起童年时看过的一幅漫画，一个老渔夫和一位千万富翁一起在海边晒太阳，老渔夫对富翁感叹："你瞧瞧，你这么有钱，跟我又有什么分别呢？还不是一样在这儿晒太阳？"

我以为，这幅漫画是关于"富与贫"最贴切的描述。

表面上看，富人与穷人的区别的确不大，总绕不过"三餐一宿，几十载余生，生老病死"的大框架，所以，许多穷人如同漫画里的"老渔夫"一般自以为得道成仙了。

只是，不同的是——富翁既可以在海边晒太阳，也可以在豪华轮船上喝红酒，甚至只要他愿意，还可以在沙滩上只晒月亮不晒太阳。而渔夫呢？只能在海边晒太阳而已。

同理，富人虽然也只是一日三餐，但是他可以想在哪儿吃就在哪儿吃，想吃什么就吃什么，想谁陪着吃就谁陪着吃。

这就是富人跟穷人最根本的区别：富人可以"选择"，他喜欢的，他就用，不喜欢的就扔了；而穷人，只有这一样，你扔了它就会饿死！

有时候，富人嗤笑穷人眼光短浅，一辈子就盯着口袋里那点"死钱"，为什么不投资，为什么把可怜巴巴的一点儿积蓄死死地攥在手上不肯放？

道理自然是没错的，只是富人哪里懂得穷人真正的际遇：对于富人来说，那点"死钱"是九牛一毛；而对于穷人来说，那却是"救命钱"，万一亏损导致血本无归，甚至还可能导致家破人亡。

"穷人思维"脱胎于穷人的生存困境。一日不富，一日不能完全摆脱穷人思维——口袋里没几个钱，就注定没法慷慨！

社会制度与资源分配，起跑线的过大差距，社会大众的偏见，自身顽固的弱点等，岂是靠个人之力改变思维方式便能扭转的？仅仅一句"呵呵，穷人思维，穷人的负智商"，仅仅是富人对穷人的一种变相嘲笑罢了。

　　穷人去跟富人学思维，也得理理头绪，要不你凭什么能成功？面对真实又荒芜的人生，你不能自认贫穷，而要努力奋斗，只为了以后的你比今天的你有钱就好了。

人不虚荣枉为人

　　最近，我的好友 S 跟我抱怨，说她穿着牛仔裤去参加朋友的婚礼，被她妈妈骂死。

　　我不以为然："放宽心啦，我们这种年过 30 岁没结婚的人，在家里放个屁都会被骂的，谁让你不结婚呢？"

　　她承认我说得对，但是她表态，这不是最可怕的，最可怕的是，她自己堕落了——她以前参加婚礼一定要穿很妖娆的裙子和高跟鞋，至少在大家合照的时候不做最丑的那个。现在，她竟然已经无所谓了。

　　S 这话非常恐怖，是，我也中招了。

　　记得前两年，我还是有追求的：我妈骂我没出息，我会气得一跳三尺高。到外面旅游，拍个照片，照得太丑，我是不会放朋友圈的。然而，不知道从何时开始，上传照片时我竟然都不挑了——那种蓬头垢面，小眼睛一只闭着、一只眯着的也放上去，还公开给人家看。

我现在穿高跟鞋一年不到三次，眉毛一年修两次，洗头都从一天一次变成三天一次了。

以前，相亲的时候，虽然不貌美，至少话多，跟我相亲的男人不管看不看得上我，总会特别真诚地表示——我是个有趣的姑娘。然而，我现在已经懒得出声了。

我变成了一个这样的人——懒得出奇，以及特别慷慨大度。你讨厌我，关我什么事？

当然，我从小在健康的环境下长大，"努力和追求"这种概念虽然没实操过，但至少听过。

S 的话着实吓了我一跳，但是作为一个搞艺术的人，我又特别会在浩瀚的艺术中总结出一套说服自己的理论。

对生活，有这种消极反应是正常的，就跟婚姻一样：一个男人刚爱上一个女人的时候非常卖力，一方面是有求于你；另一方面，他想展现他的雄心、魅力，他虚荣，于是他殷勤——你要这个，我买给你，看，我多大方；你哭，我哄你，看，我多体贴；请为我点赞，关注我，爱上我。

是的，热恋中的男女都如此甜蜜。结婚七八年之后，一方面，对方不再有求于你，你已经习惯他了，没准是你有求于他了；另一方面，虚荣和殷勤已经消失了，所以，当你哭着冲出家门，他会边看电视边说，回来的时候记得顺便买菜。

我每天应付我爸妈，他们永远说着相似的话；每天去上班的那条路，我走了五年——五年来，我们部门没有开除一个同事，这种心境就跟小说《围城》的主人公方鸿渐回老家发的感慨一样：出国留学一趟回来，老家人甚至都没老死几个，太单调了。

这时候便明白，为什么我的很多女友生孩子后就蓬头垢面、妇女气派了，因为持续几年在家里带孩子、做家务，生活太雷同了。人类的适应性又强，今天觉得这样不好，再重复个五六七八日，便会觉得：这样也还不错，平淡生活嘛。

我常听人说，平淡生活是好的，但第一次听到有人推翻它，是我特崇拜的同学老赵——她认为，那些说"平淡是福"的人都只是替自己找借口舒服，是种愚蠢行为，然而这种借口找多了，他们就会习惯这种思维，于是成了真愚人。

老赵长得并不美，但是很多男人爱她，我想是因为爱她的活力——她是我见过最有趣的女生，哪怕周末喝个咖啡，只有她和我两个人，她也必然盛装出席，踩着高跟鞋，穿着漂亮裙子。

我问："老赵，干吗总那么风情万种？"她会若无其事地说："想美过你啊，不然呢？"

前不久，晚上约她出来吃饭，我说到以上困惑，并表示人生的这种自我放逐是必然的，因为生活实在是太相似了。

"见鬼了！"老赵很藐视我。

嗯，老赵开讲了，以下内容完全可以拿笔记本记下来——

第一，必须懂得分辨生活相似表象下的本质区别。今天跟明天一样吗，怎么可能？包啊，你想想包啊，同样一个包，

CHANEL 是一个包，GUCCI 是另外一个包，这是两个完全不一样的东西啊！

第二，一个人的精神主要是由两块组成的，分别叫作"懒惰"和"虚荣"。

本来嘛，大家都懒，但是如果你虚荣，就不能忍受比别人过得差，于是你的虚荣还能跟懒惰斗几个回合。这样，你的人生还可以稍微有点作为——如果虚荣完全输给懒惰，你就完蛋了，接下来，你就跟那些傻子一样宣扬"平平淡淡就是真"了。

人不虚荣枉为人，是禽兽啊！

嗯，我必须再一次表态，以上观点是欲望横流、俗不可耐的老赵说的，我只是转达而已。

我为什么不买一个香奈儿的包

为什么不买一个香奈儿的包？

没钱？的确没钱！但若拼死下决心买一个，也是能买得起的——也没有几个女人是买不起的。

真正断绝我念头的是，有一天早上，我在地铁站翻公交卡，一只手在里面刨来刨去怎么都刨不到。最后，一不做二不休，把包倒了个干净。蹲在地上，聚精会神找卡的那一瞬间，我忽然意识到，给我一个香奈儿的包，又怎样？

与女友龚聊天，聊着聊着，她说："你这头发怎么又乱蓬蓬的了？不是上个月才弄过吗？"

我潦草回答她："睡一晚就搞坏了啊！"

她说："那你自己怎么不打理一下呢？"

我与龚同事三年，在护肤彩妆、衣帽、鞋包这些方面，我的投资比她大得多，但是当我们俩站在一块，她总是干净整洁、出挑的那一个，当然，这在某种程度上跟我比她丑有关系。

我羡慕她那头乌黑柔顺的秀发，她喋喋不休地告诉我自己是怎样打理的。我听了几个步骤，头摇得像拨浪鼓："算了算了，太麻烦了，我看到这么多产品换着用，我就晕。"

我喜欢拉着她陪我买东西，不分青红皂白，只要口袋里有钱，总是大咧咧地叫：买买买！

她负责任地问我："你需要吗？"

我有些含糊："以后总用得上的。"

她追问："你家里应该还有同类产品吧？"

我想了半天："忘了。"

她阻拦我："你不能听别人说好，你就跑来买。"

我们之间，总是充斥着这样的对话。

有一天约在一起喝咖啡，她郑重其事地跟我说："你爱买，又爱买贵的，但是用在你身上，完全看不出这个价格的品位，因为你用得不精细，你对自己'拥有'的东西毫不珍惜。

"你才买不久的 COACH 包，还没有我用了一年的 300 多块的牛皮包保养得好。你花上千块买的皮靴，你从来不擦鞋油，乱穿一通，还比不上人家在淘宝上 200 块买的靴子。不是吗？"

是。

我连眉形都不会化，但是买眉笔不买香奈儿的我就不高兴——可我连擦粉底都擦不匀。

我还买大牌墨镜，代购了个阿玛尼，但是在一次旅游时被我一屁股坐坏了。

我真正理解什么叫"品质"吗？

我总是在心里问，我爱价格昂贵的商品是因为我的品位跟上了，还是仅仅因为我愚蠢的虚荣心在作祟？我爱惜自己"拥有"的东西吗？

龚说得对，品质至少跟"珍惜"相关。

一个女人，不珍惜她的男人，很难说她的感情生活是高品质的。一个女人，不珍惜她的衣物，哪怕她买的再多也是枉然。

年少时候看到一句话："有些物品，还是放在橱窗里观赏比较好，因为你即使拿到了，也未必能珍藏好。"

这句话，当年的我曾对它嗤之以鼻，以为那不过是买不起的人在自我安慰罢了。如今，我明白了它的道理，更懂得了它的寓意——那物品可能是一个包，也可能是一个恋人，甚至可能是一种人生。

你看他人有多傻，料他人见你应如是

我活了三十年之后，得出了一个人生的真理，世界上有相当一部分人只能跟你聊到以下程度：

"早啊！"

"早，吃早餐了吗？"

"哎哎哎，最近热播的那个《××××》你看了么？"

"×× 演的那个？"

好，接下来，你们可能就聊不下去了，这一点儿都不奇怪，因为有人非得说演员演技多好；有人肯定会嘲笑她台词功底差；有人会说它制作精良，是良心剧；有人会很清高地表态：也就那样，看了几集，根本没有看下去的欲望。

"不是风动，不是幡动，仁者心动。"但凡一个事情，上升到"主观审美"，纷争也就多了。

我以前特看不起我一男同事，他省钱省得很厉害，每个周末同事聚餐，我们叫他一起去，他就说："你请客么？不请客就算了，我吃饭堂，没钱。"

我每每听到这种言论，都暗想：这人留着钱死后建皇陵的。

我非常看不起他，直到有一天，我竟然从别的同事嘴里辗转打听到，他是这么议论我的："这种女人我真是没见过，又没能力又没钱，还有脸出去旅游，以后看哪个男人敢要她！"

他厌恶我的程度，丝毫不亚于我厌恶他。

我见过的"傻子"可多了，有一个为了调体质生儿子整整吃了两年葡萄。又跟我说养孩子就跟放羊一样，一个也是放，两个也是放。后来就连她老公在外面有了私生子后，她也要回去为紧着生儿子进行战斗。

以上面的事例为范例，举一反三，我又是多少人眼中的傻子呢？

人与人之间是经常性互相看不起的。知乎上有个专门问答：钱锺书到底看得起谁？钱锺书看不起的是他那个层面的人，而我们同等水平的人可以互相看不起。

看网络上的吵架就很有意思，一个客观问题，A 与 B 开始讨论。讨论着，A 就觉得自己的论点比 B 高级。B 当然不服气，也表示自己比 A 高级。于是，彼此觉得对方傻。

这时候 C 来了，C 的观点是跟 A 一样的，于是就站在 A 这边，一起骂 B。其实，他们争论的本质就是"我比你厉害，我比你高级"，跟整个客观事物已经没有什么关系了。

你的三观好棒，好正——嗯，那是因为你的三观符合我的三观；你的审美不错，那是因为你的审美符合我的审美。

人类最深刻的品质能跟"愚蠢"媲美的，也只有"高度自恋"这一样了。至少我是这样认为的。

不然，你都无法解释以下事件：

人家省钱是死后建皇陵还是干什么，到底关你什么事？

人家为了生儿子吃两年葡萄到底关你什么事，又不要你帮她生！

人家就是觉得 ×× 演技好，关你什么事，你爱看不看！

人家嫁了个渣男觉得很开心，这到底关你什么事，你比当事人还怒！

有人刚说，她过生日，老公竟然舍不得给她买条金项链。不出一分钟，立马有人跑出来："啊，天呐，你这什么老公哟！我过生日，老公给我买了栋别墅呢！"

你以为你真是关心这些可怜的人吗？你以为你真是仗义出手吗？

不！你只是因为"高度自恋"的本能忍不住跳出来宣布：看，我就是比你厉害！

有钱人已经在财富上实现了这个目标，所以低调也是嘚瑟：我的钱在这儿，它自己会说话。那么剩下没有钱的人，只能自己跳出来说话了。

对人类能否克制住"炫耀自己"这件事情，我简直不抱希望，因为我对这种语汇实在太熟悉了：炫耀钱的，炫耀才华的，炫耀见识的，炫耀家世的，炫耀性格的……各种各样，隐性的，显性的，我都见识过。

我自己更是深陷其中，不可自拔。

写这篇文章，只是给大家敲敲警钟：那些你看不起的人，真的，他们多半也看不起你。

闺密变有钱或嫁了有钱人，怎么碍着你了？

最近收到一条那种很不会说话的人发来的私信，她是这样说的："何日君，怎么办，我心情差极了——闺密经济上以前一直跟我差不多，我们都是做文职的。可去年她转去做销售了，现在每个月的工资高出我很多。"

好的，话到这里，我都理解她。

接下来，她又说："何日君，我想请教你，你是怎么做到不介意你的朋友老赵比你好看，还比你讨男人喜欢的？"

我也有男人喜欢的，好吗？我平常不说，不代表没有！

好的，我大度点，忽略这位朋友的低情商，来专门分析她提的这个问题。

这种心理是正常的，但是并不那么必要。"见不得人好"是人的一种自我保护心态，因为人都是虚荣和自我的动物。

对于朋友的际遇，很多人的本能反应是：我当然不希望你过得很差，稍微比我差一丁点就最好不过了。

这种心态非常微妙，也有点难以启齿，但是客观存在。不要问我怎么知道的，我这么阴暗的人，怎么可能没有这样的心理历程呢？

我最恨老赵的阶段是，有一回我跟人相亲，那人跟我说："你跟你朋友老赵，在你们俩中挑一个，我还是挑你。"

我当时特别得意，故作冷淡："为什么啊？"那人说："好看的管不住，还是长相一般的适合做老婆。"

那一刻，我真的希望老赵住的房子半夜塌了，活生生地压死她！

我年轻的时候常常觉得，完了，我真没法再跟老赵做朋友了。然而，随着岁数越大，人越来越庸俗，我忽然不介意了。为啥？我可以占便宜啊！

老赵每次找了有钱的男朋友，男朋友给她买大牌护肤品，她用不惯就扔给我，虽然是捡人家不要的，但是总有得捡呀。

老赵又发了一笔横财，心情一好："别在这儿哭穷，这鞋给你买了！"

年轻的时候，跟有钱的朋友吃顿饭，看到起点差不多的女友嫁得好，回来就各种不自在、不舒服、堵得慌，然后为了心里舒服点儿，眼不见为净，干脆主动不跟人家来往了。而人家本来就有钱，不是非求着你来往不可，一来二去，当年的情谊自然烟消云散。

如今，我只期待我的女友们都越过越好，交有钱的男朋友，拿到业务大单，挣很多钱，混得很好——说得高级点，指不定她们可以给我提供资源，提供机会，或者必要的时候借点钱给我；低级点说，她们请我吃饭，送我礼物，出手应该要比从前大方得多吧。

从我个人的角度来说，无论大小便宜，我总是占到了不是吗？非得要大家穷得滚成一坨，流泪眼观流泪眼，断肠人看断肠人，心里才舒服吗？

有人说，呵呵，朋友有钱了，你还是她的朋友吗？

这个担忧点是，她有钱，你也占不到任何便宜。

你的朋友有钱了，你能不能占她的便宜，这是个概率问题。但是，如果她跟你一样，穷得嗷嗷叫，你一丁点儿便宜都占不上，这是绝对答案——人能在穷人身上占到什么便宜，自己都饿得饥肠辘辘，还分面包给你？

天真！

一个人活在这个世界上，迟早会走到一个分叉口，越往宽阔的地方走，你会发现厉害的人越多，这时候你有两条路选：一条是，继续高傲地维持自己为绝对权威的狭隘区域；另一条是，承认你与他人之间的差距，抛弃自恋，迎头赶上去，拓宽世界的维度。

第一种人随处可见。

"你以为你有什么了不起，没有那样的爸爸，你能有今天？"

这句话的潜台词是："我要有这样的爸爸，我比你厉害多了！"

对方有这样的爸爸，而我没有，这就是我们的客观差距。这种差距跟智商、性格、容貌和思维一样客观。

当然，第一种人也可以活下去，甚至活得还不错。这世界上很多人都"见不得人好"：你赔钱等于我挣钱，你离婚就是我新婚，可是这也不妨碍他们活得扬扬得意。

但是我比较欣赏第二种人。

文章开头，给我提问的这个姑娘，如果你愿意，可以思考以下几个问题：

第一，你朋友转入销售行业挣了钱，你为什么不转？大家都知道，在普通小公司做文员，工资肯定是有限的。

第二，你做了销售员，能不能跟她一样挣那么多钱？不是每个做销售员的人都吃得了苦。

第三，她挣了钱，是占了你的资源，还是抢了你的客户？跟你的利益相冲突吗？我想，她带给你的大的小的实际好处，其实比她跟你一样穷的时候多了一些吧？

第四，你应该以你的闺密为傲。到了我们这个年纪，还敢转行，还敢跳出笼子的人是不容易的。你看，我想辞职都想了5年，结果呢？这样有勇气的人出现在你身边，尤其是这种起点跟你相差不远的，你可以模仿的普通人，根本就是上天在暗示你：看，你也可以拥有另一种相对好一点的人生哦。

人嘛，一般拼家境、背景、运气、勤奋，其实这些都没说到重点，重点是拼"思维"：一个人见识越多，心胸越宽，他脚下的路途就越广阔。

人当然是有局限的，若是你自己实在有心无力，资质庸常，能心平气和地欣赏那些牛人，也是好的。

哭"惨"是没有前途的

在生活中，这样"悲惨"的对话几乎天天在发生，坐地铁可以听到，坐公交可以听到，在银行排队也能听到。

A："唉，我妈总是催我结婚，烦死了。"

B："那就赶紧去找老公。"

A："现在剩下的没几个好男人，都是极品。"

B："也有条件好的吧？"

A："那不是我这个水平的人能配得上的啊！"

B："那你就努力呗。"

A："你以为这么容易就能努力的啊！像我这种长得一般，年纪又这么大，经济也就这样……唉！"

最后你发现，聊了一圈都白聊了，都是废话——无论 B 提了什么积极有利的建议，最后都被 A 以各种各样的借口否决了：总之，我就是很惨。

别奇怪，很多人都有这种哭"惨"的爱好，满满的失败者气息。

哭"惨"，我也喜欢，专业程度远超我做会计的水平。但是，不能因为哭"惨"是常态，就把它看成一件理所当然的事，还是得用"123321"的理论来看看到底划算不划算。

题目：A 对 B 哭惨，A 获得了什么？B 获得了什么？是否划算？

解题：

对 B 来说：

你跟我比"惨"，凭什么？你活得不容易，我容易？我不缺钱吗，全世界有几个不缺钱的？

我对象十全十美？阿汤哥给我，我都嫌矮？等等，不说我都差点忘了，我根本都没对象！

早上起来，对镜子照八百次，才决定今天好好活下去，暂时不去死。然后，一出门就遇到你这种人，又跑来提醒我的生活有多不幸，你说你让我怎么活？

每个人把自己的悲剧史铺开，加起来绕地球两圈都绕不完。负面情绪还极易传染，花一天时间培养出来的一丁点快乐，一秒钟的负面情绪就能打击得它灰飞烟灭。

时间这么宝贵，B 的命不值钱吗？他有那么多时间听你今天不开心，明年不开心，大后年也没法开心的无解命题吗？有多少时间听你日复一日地抱怨自己老公不爱讲卫生呢？

对 B 来说，除非他是个失败、阴暗而且没事做的人，A

的"不幸"能够让他的"不幸"显得没有那么"不幸"：A比我更糟，两个人一块儿待臭水沟里，总比我一个人待着好——这倒是成立的。

假如B是个稍微豁达、美好而且积极向上的人，那么这个等式就不成立——虽然生活中有很多烦恼，但是他更愿意遇到笑脸和能够自我克制的人。

对A来说：

某女友特别喜欢在微信群里哭穷，我很不理解这种逻辑，难道你哭穷，我就会给你发红包么？没有哎，从建群开始到现在为止，没有一个人因为你哭穷就给你发红包。

这就好比，哪怕你对权力最大的老天爷哭诉你没男人，他也不会跟降雨一样降一个男人给你，何况我等凡人，没人帮得了你。那么，仅仅想引发大家的同情心吗？那是你太不了解人类的同情心是怎么一回事了。

鲁迅的小说《祝福》里面，阿毛被狼叼走了，鲁四太太第一次听说，大声唏嘘："作孽啊！"看，第一次听到的时候，她也同情的，然而过了一个月就说："祥林嫂，干活去，你那阿毛被狼吃了，天底下人都晓得了，说说说，有什么可说的。"

人类的同情心是很容易免疫的，大家各有各的生活，都那么忙，有多少时间去关心你的烦恼。同样的伤口，第一次看，能引发同情心；第二次看，只有稀薄的一点了；第三次还来，不顶用了。

如果你想持续性引发别人对你的同情，那得换着花样来，今天瘸腿，明天被家暴，后天死了孩子，否则——当然，有很多人是真心希望你过得好，但无论他真心与否，结果都是相似的：他们也有自己的生活，你的事情，谁也没能力帮你解决，连精神安慰都有限，而且随着时间的流逝，精神安慰会越来越趋于敷衍。

这是对同一事物的习惯性的必然反应。换句话说，A 哭惨，于他自己是没有任何益处的。

题做完了，补充说明一下，我觉得处理"惨"的最好方式有两种：

一种是发哥在《英雄本色》里演的那样，拖着条瘸腿替人洗车，被人骂成狗屎，但是他见了豪哥说，失去的东西，他一定要拿回来——哪怕瘸了腿，那也还是意气风发的小马哥啊！

一种是徐浩峰在电影《师父》里演的那样，徒弟遭人暗算，一路跑回来，看到心爱的姑娘依然在小摊上等他，于是微笑着想，还是算了，不要去吓她了，然后默默地在一边死了。

如果发哥边洗车边哭诉："我好惨啊！我以前当老大的，一叠钞票直接用火烧着玩，现在沦落到靠给人洗车挣盒饭钱，我真是受不了，我烦啊！我活不下去了！我从来就没有称心如意过，不快乐，伤心啊！"

要这样设计台词，你还会看《英雄本色》吗？

如果《师父》中那徒弟扑过去对那姑娘说："我好惨，我遭了暗算，你看我跑得肠子都出来了，流了一地啊！"

那么，这爱情一点都不浪漫了。

要么争取不"惨"——小马哥瘸了腿，至少两只手都会玩枪；要么低调处理我"惨"这件事，千万要"沉默是金"，不要"与谁共鸣"。

努力改变很难，但是喋喋不休的抱怨却很容易，千万不要中了生活的圈套！

"欲望"是用来实现的

曾看过一篇评论日剧《东京爱情故事》的文章，里面讲，为何那么完美的赤名莉香会爱上永尾完治？她的身边明明有很多风流潇洒的男士，她为什么偏偏选乡下来的少年永尾完治做男朋友？

答案是：赤名莉香见过的成熟男人太多了，反而迷恋上永尾完治这个吃面还会吃出声音的乡下少年。

"若她涉世未深，就带她看尽人世繁华；若她心已沧桑，就带她去坐旋转木马。"网上有一句话这样说。

叔本华说过一句关于生命的话：生命是一团欲望，欲望不满足则痛苦，满足便无聊。人生就在痛苦和无聊之间摇摆。

"想得而不可得"，这是人生的常态，于是总会有人跑来告诉你：既然欲望让人不快乐，那么丢弃它、克制它，让心如止水，一尘不染。

嗯，好的。

下次再有人这么说，你让他自己先立榜样，看他自己做不做得到。

作为一介凡人，我厌烦极了一些话。比如，穷点怎么了，大家都吃一日三餐，难道有钱人能吃三十餐么？又如，我觉得一百块的衣服质量跟两千块的衣服没什么区别。再如，钱多他就不用老去吗？死后大家还不都是一样？

说这种话的人，你真信他看透了世事？

看透世事的人非常少，尤其在穷人里少有。真看透世事的人，绝大多数是处于叔本华说的第二种状态的人。欲望都实现了，人才能超脱，最典型者莫如李叔同。

我当年去泉州看李叔同博物馆，最大的感想就是，这个人如果不出家，依然四大皆空，可该怎么办？

丰子恺曾经这么形容他：做公子就像公子样子，做教师就是教师样子，做法师就是法师样子；演话剧，大家都说他好；字画一流，随手写个歌，就是"长亭外，古道边，芳草碧连天……"

这人就没什么事是做不好的！

对他来说，全世界几乎没什么东西有难度——出生富贵，长得帅，天才，似乎没有什么事能难倒他。

我们这种普通人，怎么可能跟李叔同比，怎么可能丢弃欲望？这根本是个伪命题。那么尽量克制它？这个，我觉得不太成立。

根据我的人生经验，某样东西，你特别想要，控制不住地想得到它，那么该怎么克制这种欲望——很简单，把它弄到手，玩腻了，你自然就不再想着它了。嗯，用哲学观点说，就是用"得到它"来实现"忘掉它"。

以前我疯狂淘宝购物，花了好多钱，现在我对淘宝就不再迷恋了，因为已经体验过那种感觉。以前我迷恋看戏，根本控制不住，所以我花了将近三四年时间看戏，每年看一百多场，不管烂的还是好的，到了现在，我就可以很理性地选择看或者不看，因为早已满足去现场看戏的欲望。

总之，一样东西假如你从来没得到过，你就会很馋，一直想要。小时候，我妈给我做饭，我喜欢吃一个菜吃得很馋，我妈就连续十天做这个菜，于是我就不想再吃了。

假如这些例子还不好懂，那就举个更好懂的。

每天，我们都可以看到有人号啕大哭："剁手，要剁手！"好了，过一阵子，你再去问他，会发现他花得更多了，这种强制性压制欲望的做法导致的结果必然是——欲望的反冲力加大，更让人无法招架。

所以，不要慌，有什么好慌张的呢？那就买买买嘛！想买什么就买什么！钱不够就多挣点再买！

正确地对待欲望的方式，就是不断地去实现它，如此而已。

"短视"是最残酷的杀手

最近，经常有人问我："何日君，你是怎么出书挣钱的？给我指条明路，我也打算朝这条路走。"

嗯哼，谁告诉你这是条明路的？

常看我的文章的人都知道，我是学财务的，但那并不是我的初心，只是当时读书的时候没出息，考得很差。人家考个北大，报个中文系，还算有点出路——你一个××省××大专的，还不够丢人吗？于是我为了毕业后谋生，去做了会计。

我的大学生活很无聊，那时候天涯论坛已经不再如日中天，但我才刚接触，所以格外感兴趣。大学生涯，我就一边玩天涯论坛，一边看小说混过去了。

说实话，我看书倒是看得很多，但是没有体系，不会甄选，看的大多是畅销书。

当然，主要是那时候我不知道自己以后有机会做写作这一行。如果我能预知未来，20岁肯定就开始啃专业文学书籍了，可惜不能啊！如果你有志向走这条路，就不要浪费自己宝贵的时间，一定要早早开始"啃"专业文学书。

我的第一笔稿费只有 20 块钱，文章是发表在校刊上，当时从来没想过，会有人找我写文章，喜欢我的文字。

不知不觉中，我过完了大学时光，步入社会之中，从此踏上辛苦工作的道路。直到发表《忽有故人心上过》后，竟开始有编辑和我约稿，其中有一位编辑和我气味相投，我们一直很聊得来，那段时间，我改大纲、改稿，忙得不亦乐乎。

但是不久后，她忽然告诉我，由于身体情况，她将离开职位，剩下的工作将会交接给她的同事。然而，新的编辑并没有给我机会，出书的事便没了下文。

我必须承认，我当时对它寄托了很大希望，所以，当它就这么了无音讯地结束时，我哭得昏天黑地，差点背过气去。

我再次确定，自己没有写文章的才华，并且依然没有找到人生方向。此刻的我，已经快到而立之年，戏文唱的那种"回不了家乡，见不了亲娘"的绝望感将我团团包围。于是，我回归到自己的工作领域，但没有放弃写作，因为那是我喜欢、想要做的事情。

不久后，又有编辑找到我，说："何日君，开始改稿吧。"不过，一段时间后，人家又告诉我：不好意思，再次被刷下来了。

只是，这一次我没有再哭，反而觉得这是正常的嘛，出书本来就不是我这水平的人该奢望的东西，就像我妈以前跟我说过的那样：像我们这种家庭，怎么可能出作家？

大概又过了几个月，编辑忽然跟我说："何日君，通过了，这次是真的。"我稀里糊涂地跟着她改稿、改大纲，直到编辑发封面给我挑，我仿佛才确定：这大概、有可能是真的。

跟老赵吃饭的时候，我一直跟唐僧一样碎碎念："老赵老赵老赵，你说假如出版社后悔了，忽然又不出我的书了，该怎么办？"

老赵有点恨铁不成钢："出息一点，看你现在这副样子，就跟路边跪着的乞丐一样，他不给你出书还不能活啦？"

第一本书出版的时候，距离我在天涯写文已经过去整整十年了。

前不久，我带财务部的一个小男生出去吃饭，跟他聊天："你啊，才20多岁，要珍惜好时光。时光太快了，一下就过去了，很多事情还来不及做就没得做了。"

该男生说："哎哎哎，别在我跟前装沧桑，我看你的样子跟20岁也没有分别，比我还幼稚。"

怎么会呢？我现在比20岁的时候好多了，我知道这世界上绝大多数事我一无所知，但是至少有一件事，我应该稍微会做一点点了——嗯，我说的是写文章。

我曾跟着粤剧院的老师下过乡，看戏曲露天演出，演出结束后，我走到台上去看。演员都身穿陈旧戏服，唱完一出戏，满头都是汗，正对着洗碗池的水龙头洗脸卸妆。

这里面还有一位得过梅花奖的演员，她已经退休了，本可以全身而退，在广州享受生活，我问她何苦到了这个年纪还在乡下奔波。她说，她不想戏曲这么早就失传，她觉得自己有义务把它传递下去——一辈子都在唱戏，世界上绝大多数事也不会做，只有这一样，好像会做一点点。

我特别理解她的意思，这个"一点点"就是人之所以为人的微小成就感。在你身上，还有一样东西值得拿出来说说，这便是令我们骄傲的，有时候真的跟钱不那么相关。

著名画家黄永玉说过，画画不要老想着钱，真要钱，就不去画画，画着画想着钱，那钱肯定是有限的，还不如就是画画——有一天，钱忽然就来了，挡都挡不住。这话大概也适用于写作。

现在，我想我可以回答那些提问的朋友了——怎么靠写字赚钱？像黄永玉说的，短期内不要想钱的事，没有任何事是一蹴而就的，可能十年八年没有任何转机，而坚持到第十一年，没准就交好运了。

不止写作，包括人生的大多数事情，我们太短视了。

当然，我们短视是因为内心对时光不再的恐惧，总想速成，而速成导致的结果是——一直成不了。很多事，我们只能慢慢做，命运让你走到哪个高度就是哪个高度，没法勉强。

你觉得你会写文章吗？不，我时时刻刻觉得自己写得不好，每一分钟都在疑虑。

那你为什么还要写？

因为于我而言，写文章是一件快乐的事。哪怕——它挣不到钱。

热爱是最好的导师

几年前，我妈来广州，翻出我抽屉里的一叠戏票，觉得非常可惜：为什么花那么多钱看戏？这钱本该攒起来做嫁妆，或者买房子，关键的时候用得着——再不济，实在要花掉，那么，买好看的衣服穿，至少能在别人面前有面子。

很显然，绝大多数人都会同意我妈的看法。

在很多人的意识里，不能带来"实际好处"的东西，不值得花时间、精力、金钱——你弄这个东西，你投资它，要么能挣钱，要么能挣面子。否则，它就不划算，就是竹篮打水一场空。

把钱扔水里玩儿，还能听到"咕咕"声，可扔到你所谓的"乱七八糟的兴趣"里，连声响都没。

用"功利"的看法算算，这些年我看戏花的钱，没十万块也有五六万块了吧，这些钱用来攒着买房，那是为了生活需求；用来报考财务考试，是为了往后有职业前途；再不济，你买个香奈儿包，还能在闺密面前嘚瑟很久——这些实惠的好处，我都没有选。

　　好的，其实不止是我妈，包括我自己，都从来没想过看戏会给我带来真实的、在生活中用得着的好处。

　　我之所以这么做，也不是因为我高瞻远瞩，老早就知道我有做这一行的运气，仅仅只是因为我喜欢，我任性，我舍得为了我的爱好砸下我所有的钱，压根没想过有后续：被专业戏剧杂志收稿；拿田汉戏剧评论奖；跟随很多戏曲行业的老师观摩戏剧，参加剧评团；认识全国各地很多做戏剧、看戏剧的好朋友。

　　这些"挣钱挣面子"的事儿，竟然是通过我看戏得来的！

　　别说你们惊讶了，我自己总结时都觉得不可思议。唱戏的是疯子，看戏的是傻子，谁会想从"傻事"里面获利，然而它真的就发生了——曾经投资的五六万块钱，"戏"慢慢地用别的方式都还给我了。

　　我有个朋友，她比我时髦，我追戏，她追星，追韩国"欧巴"，程度非常吓人。她为了喜欢的明星去学韩语，对这些明星的八卦了若指掌、如数家珍。她爸每次都痛心疾首，想着怎么才能让她不搞这些歪门邪道，把有限的资源用到有前景的事上。

　　我这位朋友学的是新闻传媒专业，刚毕业后进入一家公司，做韩国某个娱乐节目的实习助理。

　　别人只把这当一份工作平平淡淡地做，她却跟天上掉下馅饼一样开心地嗷嗷叫：哎呀！以前追星还要钱，现在可以免费跟喜欢的明星接触了！人家等拍照等得牢骚不断，她等得春心大动。又因为韩语流利，比跟她同时进公司的同事有优势，她就被公司调到韩国那边出差、驻场。

现在，每次约她出来吃饭、喝茶，她整个人都眉飞色舞，状态好得不得了。个人状态好，工作状态肯定就不会糟。

几年来，我陆续收到不少私信，一种是："何日君，怎么办？我也是学财务的，但我讨厌财务，不想做财务。"

还有一种是："何日君，怎么办？我现在毕业 5 年了，财务专业水平还是很差，不敢换工作，只能在这儿混吃等死。"

这看上去是两个问题，其实本质上是一个问题。

我们的生活中，一直充满了互为表里的"悲剧"：

我不知道是我体力不济导致自己懒得运动，还是我懒得运动导致自己常年体力不济；我不知道我是因为没钱而焦虑，还是因为过度焦虑导致没法安心挣钱；我不知道是我害怕改变导致我的生活一团糟，还是因为已经一团糟再改变会更糟；我不知道是我不爱做财务导致了我做得不好，还是因为我做得不好、缺少成就感导致我不爱做。

公司的财务总监很厉害，我仔细观察过他与我的区别，同样是做财务，为什么他能做得那么好，而我这么 Low。

后来我发现，原因关键在这一点：在我眼里，数字只是毫无欲望的数字，我狼狈不堪地被它牵着鼻子走；而在他眼里，那都是钱，可以随便由他调度的钱——他控制着它。

这种感觉是完全不同的。

他热爱这行，所以投入很多精力去研究，又因为下了狠功夫，收获更多，比旁人更厉害，驾驭能力更高。而驾驭越自如，就越有成就感，越发热爱了，整个人从而进入良性循环。

　　一件事情，你越爱，越做得好；越做得好，越爱。反之亦然，你不爱它，控制不了它，你对它很疲乏；越发厌烦，越做不好，越厌烦。

　　周杰伦在某个节目里说过，他小时候不爱念书，爱打篮球、弹钢琴，没有钢琴就没有《不能说的秘密》，也没有他的今天。但是，当年别人也说那是歪门邪道，是不认真念书的男孩子干的事儿。

　　别把"兴趣"想得太廉价，"兴趣"是值得人投资的。它会让你觉得，生活是有意思和美妙的！

　　何况，哪怕从"功利"的角度来说，在这样风起云涌的时代，任何东西都具备商业性，任何东西都可以转化成"钱"，就看你运用它的水平到了哪个境界。

　　我是个运气好的人，在很小的时候，我就找到了自我。

　　初一的时候，我去同学家玩，在他爸爸的书柜里看到一本很厚的小说《小李飞刀》，我央求他借给我看，他说他爸爸会发现，让我赶紧看完后他再悄悄还回去。

　　于是，周末两天，连吃饭的时候我都在翻书，一边看一边想，世界上怎么会有这么好看的书。现在，我都还背得出来林仙儿回去找阿飞的那段内容。

　　那一刻，我就找到了自我。

　　初中时我曾写过两本小说，写在了材料纸上，借给要好的朋友看，而如今我还在写。除了"爱"，没有任何东西有这种力量。是的，连钱都没有——没兴趣是没办法的事儿。

在私心里，我一直觉得，人生的完成指标并不是房子买了多少套，或者别的什么，人生的完成指标是——

找到自己，雕琢自己，并完善自己。

我正在艰苦地走第二个阶段的路——上坡路，走得非常辛苦，非常慢，但是内心之充盈，前所未有。

这篇文章不是什么心灵鸡汤，只是想告诉你：如果你找到了你的爱好，恭喜你，以及，它非常值得你投资。

穷人能跟富人做朋友吗？

在知乎上看到一个问题：难道"贫穷"这种品质没有一点好处吗？是全方位的贬义词吗？

不少网友回复一些正能量的故事，还有许多人跑出来举例，自己怎么经历过贫穷，然后不放弃、继续努力，最后过得越来越好。然而，这些人都忘记了一点，假如你出生在富贵家庭，而拥有同样的品质，你取得的成就毫无疑问会比现在更高，走得会更远。

是，我很不喜欢贫穷，在我眼里，它就是彻底的贬义词。

我不喜欢贫穷，不仅仅因为"一日三餐"，还极度讨厌它的附属品质。第一次意识到这种附属性质，是我读大学时跟室友吵架后，我妈说："咱家里条件不好，无端跟人家起什么冲突，万一闹大了，吃亏的是你。"

这台词，就跟越剧《梁祝》里马文才抢了祝英台，梁山伯要去官府告状，英台劝他的话一样："他马家有财又有势，你梁家无势又无财，万一你告到衙门内，梁兄呀你于事无补要先吃亏。"

"贫穷"带来的附属品质是，因为没有钱而导致的唯唯诺诺，胆怯不前。有钱人里的纠结型人格，依我看，比穷人少多了，但凡穷人，多少有些纠结——左不是右不是，反正财富只有那么多，这里花多了，那儿就得挪出来填补。

当然，有些穷人也可以发展到把这填填补补当作一种生活乐趣经营，然而，这只能证明适应能力强，不代表贫寒是优势。

穷人不卑不亢，这种人有吗？有，但是非常少。

际遇这个东西太写实了，一点都不抽象。你穷，逛个商场，你能不唯唯诺诺地掂量物品价格吗？这就是"卑"。你兜里没钱，心里没底，你就"卑"，这个东西不是表面装姿态装得出来的，而是事实存在的。

这些年来，我遇到的人，尤其是中年往上的，穷与富，真的太好辨别了。有些人有钱，不用看他开什么车，穿什么衣服，到哪里旅游，而是看他的那股精气神儿——跟穷人那种暴躁、焦虑、黯然完全不一样的精气神儿。

"穷"给人划分了界限。

　　有人说，穷人能跟富人做朋友吗？不是不可以，但是，这种交情绝不是那种天天能黏在一起的交情，除非你不是想做朋友，而是想做跟班，从富人那里得到点好处，占点便宜。

　　跟富人在一起，我有道德压力。

　　比如，我跟朋友一起看戏，谈起戏票问题，她有她的原则，买便宜的，就坐便宜的座位；想看好的，就买贵的票，绝不蹭小便宜。然而，以我的财力来说，假如我买了80元的末等票，这时候看到剧场有580元的座位空着，我很想到前面看，就会忍不住坐到前面去。

　　富人可以将就，也可以讲究；而穷人，你只能将就，就这点，已经是隔了银河那么远了。

　　卓别林演过一部很好玩的电影《城市之光》，真是神来之笔。里面的流浪汉救了个醉酒后要自杀的亿万富翁，富翁非常感激，带他回家，什么都跟他分享。结果第二天早上，富翁清醒后，就把流浪汉赶了出去；然后，某个晚上富翁又喝醉了，又把流浪汉当作最好的朋友，清醒后又赶了出去。

　　每个人都有原则性底线，能够相处是因为有互相尊重的原则性，而富人的原则性，不是你时刻都尊重得起的——换句话说，你没有资本每时每刻"不卑不亢"。

　　某种意义上，际遇不同的人，不能真正互相理解。很多生活富裕的朋友的烦恼，在我看来，那根本都不是个事儿。

　　比如，有个家境很好的朋友跟我说，他觉得经历太少、人生太顺利，没我这么多故事可讲，好羡慕我。当时，我脑子里想骂人的话呼啸而过，这都什么跟什么啊，我多想跟他说："我跟你换，好不好？"

我非常认同陈冲说过的那句话，希望能一直拍有故事的电影，但是希望自己的人生里不要有什么故事。没有故事，一生顺利，不为生活操劳，看不到人世间的苦难，做一个标标致致的"傻白甜"，在我眼里，这样的人生，简直满分！

穷人也不适合向富人诉苦。当然，真诚的朋友是会努力去聆听的，但是聆听了不代表他懂，这是两码事。我估计，那效果就跟你平常茶余饭后，聊聊那种山区的穷小孩的态度差不多："既然都那么穷，为什么不好好读书去改变命运呢？是我的话，我就要努力发奋，走出大山！"

看看，我就说你不懂吧。字面意义上的"懂"，跟真实情感上的"懂"是两回事！

富人还分种类，一种是打小就富，生来就富。这就是上述让我有道德压力的那种，人家良好的出身、家教思维跟你拉开了差距。

还有一种富人，是本来跟你差不多，后来通过自己的努力变富裕的，这种就更可怕了。从你的角度来说，你会嫉妒他——你不会嫉妒生来就富的人，但是你会嫉妒你隔壁的邻居。从他的角度来说，一个通过自己后天努力积累财富的人，自我感觉良好，是远超那种生来富裕的人。

只要你稍微仔细观察下人性，就会发现，一般这种靠自己混出来的人，最喜欢跟人家传授人生经验："哎呀，想当年，我还不是跟你一样。听我的，只要你勤劳、学习、努力，一定也会怎样……"一个个都恨不得专门出几本书才好，嫉妒又轻视他的你，还被他这么一教育，你心里还愉快吗？

所以，我觉得那种喜欢谈论自己朋友有钱的人特别好笑："啊，我有一个朋友，混得多好多好。我又有一个朋友，混得多好多好。"这是因为自身没多少东西拿出来说。

与富人交朋友，心态要平和，要本着学习的态度去，学习他的思维、勤奋、处事方式，将其化为己用。说不定你能用你的能力去换些资源来用，而且这种悬空状态不宜过久。

不过，诚如孔子言，"君子之交淡如水"——要知道，长年处在跷跷板下端仰望对方，颈椎多少会出点问题。

仰望得太高，只会贬低自己

最近跟朋友聊天，频繁地被一句台词刷屏："何日君，我讨厌自己，我没出息。"潜台词是这样的："我挣得很少，情商也低，做什么事都不顺利，没什么主见。总之，我不喜欢我自己，我没出息。"

　　"没出息，没出息"，拜托，不要再跟我抢台词了，好吗？曾看过一篇文章，题目是《说出你一个缺点，我给你100块》，当时我就想，这要是真的话，我轻轻松松就赚钱过万了吧？

　　现在，满世界都是焦虑的人，生活压力本来就大，还有王小波、张爱玲两位前辈勇补刀。

　　王小波得出的伟大论断"人的一切愤怒源于自己的无能"，这简直无法反驳。紧接着，张爱玲补充说明："你年轻么？不要紧，很快就老了。"

　　今晚睡前30岁，明早起来照镜子，已经像50岁了，你叫我怎能不焦虑？

　　你恨自己没出息，我也恨自己是"小透明"。

　　可是，关于"有出息"，你知道多少？到底什么才叫有出息？跟清华的比学历，跟亲爹在北上广买了5套房的比财产，跟长得好看的比容貌，跟从小学芭蕾的比形体——这样你还能有出息，那也是活见鬼了！

　　"出息"能定量吗？能精确地划出成分吗？全世界处于不同起跑线的人的"出息"，说的是一回事吗？你认为的"有出息"，跟你妈妈认为的"有出息"完全是一回事吗？

　　"出息"在我们生活中占的真实比重究竟有多少？回想上一次你爱过的男人，是因为爱他"有出息"，还是其他的？

　　我记得我上一次爱过的男孩，不帅，也就普通工薪族，我问他，黄耀明帅不帅？他说："黄耀明是谁，我只认识黄晓明。"最浪漫的时候，他把我挂在他脖子上在房子里呆呆地走来走去。

这个人完全达不到"出息"的标准，然而在我们的爱情里，那并没有什么。

我常常叫小区收废品的阿姨到我住的房子里来拿我不要了的书本、杂志、衣服、鞋子和风扇、热水器。

那是个40多岁的干瘦妇人，收废品、卖废品，还干一份洗公共厕所的活儿，跟丈夫挤在一间狭窄的民房里，一年360天流浪在异乡，辛苦挣的一点钱都往老家寄。两个儿子在老家，其中一个儿子患有智力障碍。

虽然生活严苛，阿姨却是个正能量的人，每次在路口遇到我，都笑眯眯跟我打招呼，但她不是靠"有出息"才赢得我的尊敬。

"有出息"这个词能精确吗？在这个圈子，你有出息；在另外的圈子里，你还是有出息的那一个吗？

我的老板在公司的人眼里，当然特别牛：一个人管理三家公司，其中一家还是拥有上千员工的大企业。可是，当她说起她跟冯仑聊天的时候，瞬间变成了冯仑的小粉丝。

一位黄梅戏表演艺术家在××大学宣传她的黄梅戏，由于是戏曲进校园活动，所以发售的是惠民票，一张票20块钱。她本人坐在那儿签售，旁边的大学生说："这个可以买耶，反正只要20块，到时候不想去也无所谓。"

她脸上一阵白一阵红的，最后还用恳求的语气说："你们买了票，一定要来看哦。"

对看黄梅戏的人来说，她牛不牛，出息不出息，百度一下，会令你大跌眼镜。但是对不看黄梅戏的人来说，她的戏也就是有空时去看看、值二十块的戏而已，毫无价值可言。

听朋友笑谈清华的鄙视链：出国的看不起留在校内考研的，留在校内考研的看不起外校转进清华考研的。人生若是条鄙视链，你再有出息，也难免在某个链条上还是最末端。

王小波没有说错，张爱玲也是对的，人生于世，难免烦恼，为房、为车、为钱、为情、为理想，为一切的一切，然而，林夕也写过以下漂亮的句子——

"你仰望得太高，贬低的只有自己。"

认真过好永远不会重来的今天，还是少想"出息不出息"这回事吧。

醒醒吧，你不是谁的救世主

我曾与学心理学的朋友有过这样的对话：

"我焦虑。"

"焦虑什么？以我对你的观察，你过得并不差。"

"没钱，没结婚，在亲戚面前抬不起头，对不起我妈，五年、十年后，那些结婚的人通过资产重组，积累了财富，我还是这么不如意——"

注意这个语境："父母""亲戚""结婚的人"，这些人都有一个具体指向——那就是别人，这些人不管亲疏，始终是别人，而不是我自己，可他们却在最大限度上导致了我的焦虑。

为什么？

因为我的潜意识里是这样的：我应该混得好，怎么能让你们看不起我？这种自恋，却被现实打败了，现在无法让他们看得起，而未来的前景也很渺茫。

钱这个东西，除了是货币外，还具备很多别的功能——若是只作货币用，大家都饿不死、冻不死，也不至于睡大街。

它的货币功能并不大，重点是附加值：谁是成功者，谁是没出息的；谁有选择权，谁只能默默地被压榨……你无法满足你的自恋，在社会固有的财富体系里，你有可能是个失败者，远远落后于他人，于是你焦虑了。

前两天，有一个朋友找我谈心。

她刚生了宝宝，让她母亲过来帮忙带孩子。有天500块钱找不到了，于是她的婆婆开始歇斯底里，说是她的母亲偷了钱，无论她怎么解释，婆婆始终充耳不闻，而母亲则一个人坐在客厅里抹眼泪。

婆婆和母亲的不融洽，令朋友感到十分焦虑，却又找不到调停的办法。类似的事情，我真是听得太多了。

另一个朋友的妈妈总是吃剩菜，朋友无论怎么说、怎么劝，妈妈都舍不得倒掉剩菜，非吃完不可。这位朋友看妈妈这样，好难过，认为是自己没出息，假如她出息了，挣钱多了，妈妈就不会这样了。

还有朋友认为，结婚就是为了父母，不想让他们难过，在老家抬不起头。

这种思维，我本人也无法规避。

孩子心疼父母，思路就变成了——如果我有钱，有出息，如果我选了他们喜欢的媳妇，如果我结婚，如果我生个孩子……好像，如果我怎么样了，一切就不一样了。

注意这个语境，主动权在我，好像我可以改变这一切似的，假如我顺从了父母，就可以改变他们多年来形成的思维和性格，甚至命运。

其实，这种潜意识就是：我可以通过自己的努力和让步，来拯救我的父母！

事实上，这只是你的自恋。

你带着这种思维，然后在生活中四处碰壁，有些事情，你顺从不了，因为你的内心不容许你顺从：一个人，你就是不爱他，你父母再需要你爱他，你也说不出口。

另一些事情，你顺从了也于事无补。

我有个朋友挣钱很多，年收入上百万，但是他母亲退休后还是要给人带孩子，以此来补贴家用——内心的贫穷，根本无法用钱弥补。

还有更有出息的朋友，她自己挣钱多，嫁了更能挣很多钱的老公，生了孩子，但是她父母感情不和，多年来一直吵架，母亲一辈子无开心笑颜。

这是我们与家人的常态：我们站在一边，看着他们变老，孤独，陷入沼泽地，我们难过，觉得都是因为我们没有做好。

而现实更可能是，他们本就在沼泽中，任何人都无法拉他们一把。我们能做的只是，站在一边远远地看，不让自己被拖下去就已经是最好的结果了。

无法实现人生理想，让我们焦虑，大家喜欢这么说。

事实上，我们中的绝大多数人都没什么真实的人生理想，很多人的理想都是：努力。然后呢？让父母和自己过上好的生活。再然后，就转到我上面的论点了：父母的好生活，未必是你给得了的；自己的好生活，那是需要别人来衬托的，不然我哪知道自己好不好？

这般境况，你说你怎么能不焦虑？而且焦虑会上瘾的。

我最近有一种神奇的感受，我发现我的焦虑让我感觉很好——我焦虑，至少证明我在主观上努力了，虽然客观的一切还是这么糟糕，但是我焦虑至少证明我想改变这个不利局面，总好过我根本不思考这个问题。

嗯，至少我有上进心，这让我觉得：看，我还是不错的。

当你过得好了，心胸自然开阔

曾有人私下问我："我觉得我这个人，很容易被人家的挑衅激怒，心不宽，总是很敏感，该怎么改正？"

啊，这个问题我太有研究了——仔细想下，什么话会让你心胸不开阔、恼羞成怒？

是实话！

假若现在有个人迎头过来对我说："何日君，看你这肥猪，看到你肚子那一坨肥肉甩来甩去，我恶心得隔夜饭都吐出来了。"你觉得我会愤怒么？当然不会，姑娘我小蛮腰娇俏，亭亭玉立——我大度？那只是因为我苗条。

所谓的"打蛇打七寸"，骂人掐准脉，哪儿是伤口打哪儿、插刀子，受了刺激一准暴跳如雷。那些看似心平气和的人，多半也气得心里直哼哼。

但，凡在网络面目狰狞、说话难听的人，都是真实生活中极度缺乏存在感的人。

人的境遇反映在品位上，反映在脸上，反映在行为上，反映在一切一切的事务上。所以，哪有什么心胸开阔不开阔，只要人家踩你痛脚，你就会疼得龇牙咧嘴，整张脸都在抽筋。难道此时你还能轻描淡写地说"NO"吗？

心胸开阔在混得不堪的境况下，根本是个伪命题，想心胸开阔，先医"痛脚"：肥，就去减肥；穷，就去挣钱；丑，就花点心思打扮，或者整容；无知，就去学习；没人要，就得想招数让人愿意要……

在自身境况根本很差的情况下，你还要表示高风亮节，你装得不累，我都替你累，那根本是违背人性自恋、自满的特性。

告诉你一个真理：当你的经济状态转好，你真的会变得伟大起来。这是我的亲身经历，不撒谎。

有个亲戚，她以前总嘲笑我混得多差。当然，这是事实，也就是因为这是事实，所以每次跟她相处，我都要控制自己很久才能克制在她的饭菜里放老鼠药的念头。

然而，当我出了书，有杂志社约稿了，工资也涨了，经济慢慢有明朗化的趋向了，过年也可以给爸妈买礼物了，她还是这样惯常地嘲笑我。不过我真的人格伟大起来了，对她这种行径只是微微一笑，并不往心里去——那格调，别提有多高了。

那一刻，我心里的潜台词是：我为什么要跟你计较？我跟你根本不是一类人。所以，相信我，医好你的伤口，境况顺利，心胸自然开朗，姿态自然潇洒，所谓人的"气场"，人的"明朗大方"，自然就有了。

千万别 "说教" 上瘾

30 岁以后，我终于意识到嘴主要是用来干两件事的——吃饭和接吻，不到必要的时候，尽量少说话。

大家都知道，人是很容易自我感觉良好的，总会觉得唯独自己一人掌握了这世界的真理，别人都不行。年纪大了更甚，看没长毛的小孩子总觉得有必要教训几句，或者给传授点人生经验。

然而，你务必要懂得，世界上再也没有什么事比这个更惹人心烦了。

你三四十岁了，未必懂得和谐处理跟父母、婆婆的关系。

你焦虑，掉头发掉得很严重，黑夜里时常会失眠。

你有上班综合症，梦想丢得很远，又对返工厌倦。

你可能结婚了，但是婚姻未必那么愉快。

你可能没有结婚，然后一直问自己：为啥别人都能结婚，唯独自己好像不可以，这是怎么回事？

你可能有了一个孩子，有一些甜蜜，也常常被他弄得不知所措，或者被气哭，不知道该怎么办。

看，这才是我们很多人真实的中年啊，想想，你有什么人生经验可以喋喋不休地教给年轻人？

当然，教孩子是务必要教的，然而，哪怕教孩子，动用"嘴"的时候，也并不是你想象中的那么多。

我常常看人家教育孩子，要努力读书，这样才会改变命运。人们总以为孩子是很好骗的，口头说说就好了，根本不知道孩子会这样想：也没见你多努力啊，你自己不努力，要我努力算怎么回事？你没出息，反过来还教育我没出息，是什么逻辑？

父母教育孩子，动嘴往往没有什么效果——想让孩子爱卫生，那么你先爱卫生；想让孩子有道德，那么你先有道德；想让孩子努力，那么你先努力。

言传身教，行动在嘴前面。

孩子尚且如此，大人更不用说了。除非你混到一定的层次，还可以语重心长地讲讲人生境界——你自己还在风尘仆仆、潦倒不堪地奔生活，你那套理论有啥说服力呢？

还是紧着点，闭嘴吧。

毛姆说过一句话，我一直觉得可以裱起来挂在床头，每天睡觉前看一遍，出门前再看一遍，借以警示自己。那句话的大意是：你以为自己懂的道理是独一无二的，你刚发明的吗？

NO！类似的话，前人早已经说过一万遍了，就像大厅里的钟摆摆来摆去，循环反复，从不停歇。

是的，人生的道理从来就没有人不懂，小学一年级的学生都会说：少壮不努力，老大徒伤悲。OK，我相信你都是为了年轻人着想，是好心，希望他吸取你的人生经验，不要多走弯路。

然而，张爱玲在很早前就说过了，如果跟一个孩子说，走这条路吧，这条路上荆棘少，但孩子还是会按照自己的意愿走荆棘多的那条路。

人连自己的命运都管控不了，哪里还能去管别人的命运呢？

从前我忧心父母的情感，弟弟的学业、前途，一切的一切，现在我已经放弃了。没有人能代替别人思考、经历生活以及死亡，哪怕至亲，我们能做的很少很少。

简单来说，就是把自己最大限度地管好，不管别人的闲事，就是对世界最大的贡献！

前不久，我弟弟刚高考完，我对他的成绩失望得无以复加，每次打电话都极不耐烦地责骂和教育他。

当然，他不服我的责骂和教育，跟所有年轻人一样：一方面，他觉得自己无所不能；另一方面，他会轻蔑地想：你以为你混得很好？也有资格来讲我？

这是我的愚蠢。

没几天，我跟同样有弟弟的朋友聊天，她对弟弟一样有诸多不满，我说："你管他么？"她摇摇头："不管，他总得为他自己的行为买单。现在管他吃力不讨好，这时候他只服他的女朋友管他，爱情在这个时候也许还能发生短暂的力量，把责任交接出去是人生常态，切莫留恋权力！"

毫无疑问，这就是人生的智慧！

一言不合就骂街的"真性情"

前几天看到一条新闻：××公交车上，一大妈非得从前门下车，司机不让下。大妈勃然大怒，首先是把公交车上的垃圾桶全部踢翻，然后脱光上衣，坐在地上斗气。

当然，大妈理所当然的态度是：我脱衣服，我爱脱就脱，我请你来看了吗？看不下去，你可以滚啊！

这种行为，着实令人尴尬。作家武志红从他的理论出发，将此定位为巨婴心理：我爱怎样就怎样，不管任何场合，以及周围人的反应，我自己高兴就好。

这个说法，我是认同的。在某种意义上，很多人包括我本人也有这种心理，只是表现方式比较隐晦，稍微拎得清轻重。比如，我在外面不敢放肆，然而到了熟人跟前，就控制不住自己的情绪了。

很多男人在外面受了气，回家就对老婆孩子发火。

有些人根本就错了，你骂他，他还暴躁得要死。

有些人生活得根本跟普通人差不多，但是总觉得自己天下最不幸，喋喋不休地抱怨和发脾气，口口声声说自己过得不好，但是又不去争取。

这些都是巨婴心理的反应：极度自我主义，天底下我最重要，我爱怎样就怎样，旁人最好都不要活，把你们的资源都让给我，我什么都不用付出就可以得到一切，否则就是你们对我不好，不爱我。

玻璃心，这个词，大家都应该很熟悉。

人都怯懦，懒是共性，自私是本能，谁都喜欢不劳而获，从原始意义上讲，你我他，我们没有任何分别。唯一的区别在于，我们什么时候才能意识到"体面"这个东西真的很重要，并愿意为了这个东西去做相对理性的改变——只是有些人意识得早一点，有些人到死也不会醒悟。

我是到了 30 岁左右才明白这个道理的：一个普通人，一生没法不将就，东边不将就，西边就得将就。世界上哪有什么称心如意，但是，最大限度能力范围内的"体面"是可以追求的。

"体面"的要求并不高，仅仅只是不要把场面搞得难堪，不要把自己搞得难堪，然而，这个已经需要我们用一生去修炼了。

每个人追求"体面"的层次是不一样的。

我的同事说过她认为最不体面的经历：小时候，她家很穷，经常为了学费到各个亲戚那里借钱。她站在门口，看到她母亲在亲戚面前低声下气，于是她就跟自己说，要努力挣钱，不要因为求人看人脸色，不能再过这么不堪的生活了。

这是她理解的"体面"。

齐邦媛在《巨流河》里写她父亲之死，那是个老将军，戎马生涯，在极度病痛的折磨下，老人家也是坚强、稳健的。那是他理解的"体面"。

这些"体面"，有的是对贫困生活的反击，有的是对职业的坚守，有的是对畏惧死亡的迎难而上，都是人之所以为"人"的品质表现。

文章开头的那种公交大妈，却是连成为一个人的最基础的"体面"层次都没有达到的。真的，这没什么好羡慕的，这种"真性情"也是幼稚的。

近来看卓别林的默片，总是看得一把眼泪一把鼻涕的。

在《淘金记》里，卓别林奉献了那段经典的"饿得吃皮鞋"的片段。令我吃惊的是，他在把皮鞋从锅里捞起来的时候，还往皮鞋上淋汁，虽然食材是皮鞋，但是他用的是一种做美味佳肴的认真、体面的态度。

这时候我忽然明白了，为什么大家都说卓别林是永恒的喜剧大师，因为在最困窘的时候，他都知道人应该是怎样的：他饰演的流浪汉，裤子是破的，但是他从来不忘记拿着他那"绅士"的拐杖和帽子。

第二辑：生活不在别处

生活在别处吗？

年初在大理遇到一位大叔，40多岁，说五年前他从北京来到大理，笑道："北京不是生活的城市，大理让人安静。"

我笑答："不过是你自己变得安静了，跟城市无关。"他不以为然："你还太小了，你不懂。"

在丽江，一个客栈老板，养着一只金毛，带着妻儿辞了工作在这里开店度日，他说"生活在别处"。不过黄昏时候，他跟老婆为了住房订单的事情争吵起来，面红耳赤。

这让我想起我很久前看的一本书，女作家追寻她的爱人来到一座孤岛。一座岛，两个人，多年岁月都细细记载在了一本日记上。

日记里用太阳和星星代表开心。

翻开那本日记，前面有许多太阳和星星，慢慢地，太阳和星星越来越少，而省略号越来越多……跟生活在大城市的夫妻几乎雷同，激情逐渐变少，琐碎越来越多，依仗偶尔出现的一点点光亮照亮长久的孤寒。

在火车上，我曾遇到一个善谈的男人，他对我说："这样的文艺女我见得多了，动不动就往外跑，以为这样就能摆脱生活的平庸。"

我笑而不语，我不会告诉他，我以为旅行其实毫无意义，也不想在上面附加什么意义。

旅行没有意义，逃避也没有意义，生活在大理与北京没有本质的区别：太阳落、月亮升，吃饭睡觉，攀比是非，从一个人怀里辗转到另一个人怀里，生活的步调完全是一致的。

任何空间还是时间的转换，都无法"生活在别处"，永远不要妄想"改变之后，一切便永远永远变好了"，没有这样的"改变"，生活总是受创结疤、脱落再受创，一再重复，在哪个地点，哪段时间都一样。

"结婚后，一切都好了。"

"换了工作，一切都好了。"

"安定了，一切都好了。"

"搬家了，一切都好了。"

这些都是谎言，时间、空间、人伦的改变只是一个看似光鲜的开始而已，之后的际遇甚至可能比先前更残酷，令人啼笑皆非。如果一个人指望周围世界的变化去被动地推动他个人的变化，而不是其本身内核发生变化，那永远也到达不了"别处"。

也因如此，对于那位大理的大叔，我更愿意相信他是因为随着岁月的改变，那颗蠢蠢欲动的心已经安稳下来了，而不只是因为北京与大理的地域差别而已。

记不清是谁说过，人生是枯燥的，只有丰富的心灵能稍做拯救。若将"生活在别处"还原成中国文化的语境，我想更合理的还是那句"此心安处是吾乡"。

心若是安宁了，一粒沙里能看出一个世界，一朵野花里能看出一个天堂，这是比单纯的地域搬迁、人伦变化更有效的改变。

我们所不理解的"他人的生活"

有些人是比较自以为是的，他们太在乎自我，什么事都容易带入自我。

我有一个朋友，我永远都不能理解她为什么这么爱她的男朋友。那男人一米六几，没钱，毫不幽默，去哪儿，吃什么，玩什么，全部要女友来安排、打理。

总而言之，我怎么也理解不了，朋友究竟爱上他哪一点儿了。可话说回来，他的女人又不是我，凭什么需要我来理解？

我还有一个朋友，他女朋友从读书时代开始，同他逛街之前总是把所有需要买的零食、日用品甚至卫生巾都列在纸上，等他一并买单。

我们几个朋友全部恶声恶气地说，那女人是爱他的钱，当他是个傻子。可他乐此不疲，根本没想过谁欺骗谁，谁不在乎谁，谁把谁当傻子。

其实，我们常用的句式根本就是错误的。

我们爱说："换了是我的话，我怎么样——""换了是我的话，这种男人送给我，倒贴给我，我都不要！"

请问：有人说要送给你吗？

"换了我的话，我宁愿拿这十万块钱去旅游，都不愿意买一个香奈儿的包！"

请问：这里放着十万块钱由着你花么？

我们把自己想的那么重要，认为人家应该跟我们做一样的选择。可是，我们每一个人都这么渺小，经历的不过是世界上的几十亿分之一。你所能了解的生活，其实就是你"待"的井底的这一块儿，完全是"坐井观天"。

狭隘不是你的过错。

因为客观条件的限制，所有人都逃不开这个局限，但是狭隘还自以为是，指指点点、唧唧歪歪发表意见，这就是你的愚蠢了。

京剧《白蛇传》非常有意思：许仙上了金山寺，回头找白娘子，小青一定要杀了这个许仙，但是白娘子苦苦替丈夫求情，并与其和好如初。小青明显受到了伤害："他夫妻依然是多情眷，反倒显得我性情偏。"

白娘子的选择，明显是在小青的理解范围之外的。

小青非常可爱以及仗义，只是她不是白娘子，"红楼交颈情无限"，她理解不了；"见断桥桥未断，我却是柔肠寸断"，她同样理解不了。

世人一再重复地犯着小青犯的错（别告诉我你没犯过，比如曾经劝朋友跟她那个渣男老公赶紧离婚），却在看戏文的时候嘲笑小青的仗义：管什么人家夫妻之事，自讨苦吃——这何尝不令人啼笑皆非？

在人与人的相处中，我一直觉得"设身处地"是个不怎么正确的词语，因为它难以做到，或者根本做不到。

人类这种自恋得要死的动物，哪怕长得歪瓜裂枣，尚觉得自己至少姿色七分；哪怕穷得上无片瓦下无寸地，那也是运气不好，并非鄙人少才华。

战胜这种自恋的唯一方式是："各人有各人的生活，只要没碍着你，你瞎嚷嚷什么呢？各回各家，各找各妈。"

想起很久前，跟女友去看《绝命海拔》，我俩看得直摇头，互相看着对方。啊——都还没张嘴，我已经预感到了接着我们准备要说的那句话了："爬个山，搞得家破人亡也不知道是为了啥？"

阿弥陀佛！

在最关键的那一刻，我们俩都住嘴了。

是的，对你不熟悉的、不了解的、领会不了的他人的生活方式——请闭嘴！Shut up！

决定生活品质的，不是钞票而是思维

我的女友 A，一个人在小区租了套房住，每周都请阿姨来搞卫生、做饭。她妈妈骂她：为什么不自己打扫，为什么不自己做饭，为什么能省不省？

A 很不理解，问我："我根本不擅长做那些事，那么，我为什么不能花钱来解决？我把用在洗衣、煮饭、扫地的时间用来挣足够的钱，来支付这部分支出，不就好了吗？"

我还有一位女友，刚毕业就住租金一千多元的房子，那会儿她的工资也才两千多出头，根本无法支付房租和生活。按照一般人的思维，面对如此境况，就会搬到便宜的城中村去住。

但她就喜欢住好房子，安全、在市中心，不用挤公交地铁，每天醒来心情好。不就房租高吗，多打一份工，把那钱垫上不就好了。她就没法理解那些人，为了省点钱，做自己讨厌的事，住自己讨厌的地方，看起来占了多大便宜，其实亏死了。

另一位女友也教给我一件事：如果你瞧不起世俗，世俗就会抽你巴掌。

　　从前她回老家都很低调，后来发现，开着豪车，带着大包小包从村口一直提回家，会让邻居羡慕，让她妈妈幸福指数更高，何乐而不为呢？自己爱美，就去买高档护肤品，为什么不能理解父母的虚荣呢？

　　这些事看起来都是小事，其实都是关系到我们思维的"大事"。当思维转过弯来了，条理理清楚了，对他人与自己的观察到位了，很多问题就容易解决。

　　我曾经带着我的相亲对象跟朋友见面，那是个还不错的男人。在饭桌上，某位女友对他说："你一个月挣多少哟，你知道她看戏一个月得花多少吗？你知道她什么家务都不会做么？你以后有得烦啦，嘻嘻……"

　　我发誓，拆我的台对她本人没有一毛钱好处，但是她那一刻就是忍不住，因为她自己刚结束一段糟糕的婚姻。

　　我没有怪她，我特别理解那种"恶意"。

　　在我二十七八岁的时候，我格外憎恨已婚女人，看到任何一位这样的女性，我都恨不得扔炸弹，嘴里总是冒出"哇，你看那群黄脸婆，还炫耀呢，真是不知道死多惨"这种歹毒的话语。

　　如今回想起来，我汗颜，因为那满满的没法控制住的"恶意"。那会儿所有人在催促我嫁人，我觉得我没有任何未来，就如惊弓之鸟，一块小石子对我也是个炸弹。

　　自保意识启动了，但凡一点风吹草动，我就先下手为强，劝慰自己，那些看起来幸福的人其实也全部糟糕得要命。

　　只有这样，我才能保持我内心的平衡。因为有此认知，我才会在日后对生活中类似的"恶意"微微一笑。我知道这没什么，那只是对方的自保意识启动了而已。

大部分人都缺少安全感，总有"攒未来"和"跟着大众挤，比较安全"的习惯性思维。有些人为了省几个小钱、占点小便宜绞尽脑汁，算盘都打烂了，反而失去了挣大钱的机会。

这在生活中非常常见，比如为了贪便宜，买了一堆自己不需要的东西，又占地方，最后又都没派上用场就给扔了。扔了的理由同样是：反正便宜。若是买一件三千元的衬衣，那肯定是掏钱不容易，扔也不容易的。

有句话说"买不起便宜货"，但总结得再好，穷人爱买便宜货这种行为还是挡都挡不住，至于"攒未来"就更是深入骨髓了——今天我省、省、省，明天就有好日子过的。

一个人活着的时候，总觉得自己明天是死不了的，也不知道哪里来的这种信心。好日子不是攒到后面过的，而是此刻的呼气、吸气。

有些人形成了思维定势，比如有的家庭老婆会挣钱，老公会照顾家庭，明明是资源的完美组合，但是人们也要对这种事儿用惯性思维来指指点点，就因为主流家庭不是这样。

资源的优化配置，"站得高看得远"的眼界，"为自己而活"的生活理念，这些基本的思维根本都没有形成，幸福指数和生活品质能有多高呢？

我为什么不喜欢小城市

说实在的，我脑子里现在能想到的，关于我老家县城的任何一点好。撇开父母在老家不说，我已经找不出来了——就连气候也比广州糟糕，冬天冷到死，夏天热到死，每年春节从广州回老家去都要镇定再镇定才能适应那儿的气候。

你非得说风景美，得得得，我还就派上一个小地方风景好的优势。

事实上，很多小地方真的也没啥风景，而且对于风景，看上三五天是好的，搁上三五年，又成了生活黯淡无光的一部分了。那些说穷乡僻壤空气好、流连忘返的，都是来去匆匆的旅客，当地人都死命想着往外跑呢。

之前，我一位同事找我借两千块钱，我让他找自己老婆要去，她那么有钱。

他说，他们只相爱，不谈钱。他出钱养房子，房子没写老婆名字，于是老婆一毛钱也不给他用。他俩要了个孩子，他管出钱，老婆管出力，情感上拖泥带水，经济上清楚明白，谁爱跟谁纠缠啊？这俩感情却很好，出去吃个饭，连连给老婆夹菜。

另一件事儿是，我在街头遇到的一美女。那是真美女，剃光了头发，只中间留一小揪揪头发那样，穿着黑皮衣、黑色铆钉靴，太好看了，好看到我在公交站等车时盯着她可着劲儿看。

最后这个是我在广州的故事，也是我在家乡的故事。

我有个同学，从小就不聪明，初中我跟她同班，她班级排名倒数第一。后来高中分班了，我在重点班，她在最差的班，还是倒数第一名。再后来我们一起上了大学，都学财务专业，我是考进去的，她是花钱买进去的。

虽然我的学校不怎么样，但是跟她的学校比起来，那是北大跟某某市人文学院的分别。我拿了毕业证、会计证毕业了；她考试挂了七八科，家里出钱买了毕业证。会计证没考到，她伯伯就给她安排了份工作，股票咨询方面的。

有天她心情不好，一个岁数大的阿姨来咨询股票，她说："你都快死的人了，还搞这个？"当然，她被开除了。

家里给她安排到银行柜台工作，钱总是搞错，跟同事关系处理不好，又被开除了。后来在老家商场里卖衣服，没多久，又被开除了，因为一件衣服也卖不出去。再最后，在我们小县城很小的一家超市里当导购。

她爸妈拼死拼活地干活，给她在老家买了房和车，又替她找了个男人，结婚后生了孩子，现在一家三口基本上吃爸妈的。

有一回，我妈又因为我没结婚骂我：你比那谁谁谁都不如，人家至少有房有车、结婚生子了。

另一个故事是：老家有个阿姨，一直没结婚，到外面待了几年，发了笔小财。

大家纷纷表态，50%的人表示，她做的哪能是正经事？做正经事，一个女人能发财？

剩下的50%表态，就算她有一个亿，没孩子，没男人，她能幸福？当着人前，人模鬼样，一到夜里，哭得被子上全部是眼泪鼻涕。羡慕她？同情她都来不及——别看我老公没出息，每晚还是躲我被窝里睡觉呢。

当然，老家最神奇的故事是：每年过年回家，关心你的人永远是那么多："呀，你一个月挣多少钱啊，做什么工作啊，找男朋友了没……"

我暗自思索，今年实在是死了一批人，怎么问这些话的人绝对数量还是跟去年一样多，这简直就是世界未解之谜。

看我话唠式地讲了这么多故事，你明白我的中心思想了吗？中心思想就是：在大城市，一对夫妻的钱不放在一块儿用，完全得看他们自己乐意不乐意；你觉得自己剃光头好看你就去剃，管谁在那儿指指点点，瞎操心！

不是大家不八卦，而是城市太大可选择的多了，谁有心思关注你啊。人情"淡漠"是不是？就热爱这样的人情"淡漠"！

小地方所谓的人情给了你什么？真正帮了你什么？

所谓小地方的人情就是，地方小，事儿也少，闲得无聊，一帮人没事做，凑在一块互相攀比、互相攻击，总得整些事出来看热闹：今天这两口子打架，明天那家死了人，后天又说谁谁的女儿成了大龄剩女……

这样的日子还不难过，你以为问你工资多少真是爱你呢，是计算你比他们家孩子混得差多少！

大城市生态多元化，当然，并不是这儿的人不爱钱，不重利，主要是大家没那么熟，也都很忙，没人特意去关注你。

而小地方，它有它的规矩：结婚生子了，嗯，打60分；有钱，70分；有钱还结婚生女儿了，80分；有钱还结婚生儿子了，90分；有钱还儿女双全，满分！

你拼了一世，看你在这个得分榜上能拼下多少分。好吧，我招了，我就是因为在这个得分榜上拼不下个高分数，所以灰溜溜地躲到了广州，虽然在这里没车没房，但是在这儿，一年365天都属于我自个儿，这种感觉太好不过了。

你喜欢这儿，你待在这儿，这就是幸福的一种状态。

真正老去是什么模样

一个人真正老去是什么状态？

我觉得是：外面的东西进不来，滴水不漏地形成了自己的思维体系，于是也不可能发自内心地接受新的事物、观点、路线，也不可能去跟上日益发展的时代。

这些年跟父母在婚姻问题上斗智斗勇，忽然惊觉，他们是老了，不单头花变白，眼睛变花，就连思维也固定、僵硬了，也不可能调整了。最初我曾努力地去沟通，去争吵，去怎么样，现在变得只顺从、敷衍了。

曾经在知乎上看到一句话，孝顺孝顺，孝即是顺。顺从，顺着父母的期待来，这是中国的父母对孝顺的本质理解。

其实，这相当的自私！可是，这自私，他们意识不到，你用这点来抨击他们，只会让他们伤心不已。

三十未婚，在我们这一辈人身上，总是隐痛，哪怕你看一位女子，容光焕发，天天这里旅游，那里看画展，但你们不用嫉妒，可以暗补一个画面：她跟父母拔刀相向，互相用伤害表达爱，而这几乎是她生活中的常态。

我的女友跟我抱怨："我妈又逼我相亲，这人看起来像个神经病，我妈还拼命说好。世界上就没男人不好，谁配我都绰绰有余，你说怎么办？"

我能怎么办，我自己都不知道怎么办。我妈除了性情温和点，在见识上跟别人的妈可没多少分别，她对我的人生期许也就是——早点结婚生孩子，然后带孩子，然后老死。当然，能发财最好，不发财也不要紧，但是必须得结婚。

关于这点，我就是全身长满了嘴，也无法击退我妈。我妈与我有过关于婚恋的谈话，那时候听到这些话，真想嗤笑。

比如，她跟我说女人必须生孩子，不生孩子等于人生白过了。怎么白过了？你就算养了俩孩子，孩子还没什么出息，有什么用？

我说我们办公室4个女的3个未婚，我还最小。她死命不信。她说我们县里没几个30岁了还不结婚的，我们县里的指标就是她心里的指标。

我二十五六岁听到她这样说就要跟她发脾气，后来，随着时光的流逝，经过生活的颠簸，我开始不怪她了。

这些年我见到的太多了。

在理发店洗头，几个服务生推来推去，都不愿意帮我洗头，有个老实的被领班骂哭了，红着眼睛给我洗头。我问："洗头发没有钱拿的么？怎么你们都不愿意？"她说："没有钱的。只有做美容，才可以一次拿15块提成，所以大家都是能躲则躲，不愿意洗头的。"

在小摊上吃麻辣烫，老板不小心丢了50块，老板娘骂了好久——从我端起饭碗开始吃，到我狼狈不堪吃完，一路骂下去，唾沫横飞。

很可笑，是不是？为了那么区区15块、50块钱，搞得场面那么狼狈不堪。

又有人要跳出来说：喏喏喏，这就是典型的穷人思维了，少见识。对的，一语中的，就是少见识，包括父母逼婚这件事，都是如此。

我有一同事，一九八三年的，跟相亲对象谈了两年，眼看着要结婚了，她怕得要死，心里就想着要掉坑了，这是条死路，她不肯结了。她妈原谅她了，她的生活是她自己的，父母管不着。

当然，并不是她的父母不着急，但是一着急，老两口就出去休闲了。他们着急，但是会控制自己的焦虑，寻找一些别的东西转移注意力，自嘲说：老了，管不了儿女的事。态度虽然不那么坦然，但一看就是大城市的父母的"见识"。

有反省力的人总是如此"见识"这件事情，可是"见识"的完成过程是"接触——观察——思考——行动"，这对很多人是不适合的。

"接触"需要有条件，你身在底层，到哪儿去接触上层的人。你周围的人，环境肯定都跟你差不多，生活面貌也差不多。

我妈说的是事实，在我们那个县城，超过 30 岁没人要是天经地义。她在那小县城待过春夏秋冬，年复一年的，她的童年、青年、中年甚至接下来的老年都在那一片窄窄的区域里，哪里有你所谓的"见识"？

而更重要的是——温水煮青蛙，慢慢地你会习惯这个小地方，觉得全天下都一样——有些人哪怕有幸接触到了新观念，因为观察力的丧失，他们会习惯地自动屏蔽对己不利的事物。

所以，为什么年轻人不喜欢跟老人聊天，因为你表达的事物他们接受不到。他们那套观念已经根深蒂固，一点缝隙都没有，你就算阳光泛滥，休想落一丝儿进去。

建立在观察力之上的"反省总结"，又是一大难题。一个人"嘴里明白"和"心里明白"的距离，相当于"生与死"的距离，而从"心里明白"到"动手去做"的距离，则远超"生与死"的距离。

对一般人来说，个人的强制性自控力基本会输给他的本能，这也划定了一个人"杰出"与"平庸"的分界线。

我有一个同事，我特别羡慕她。她 30 岁，工资很高，大方得体，然而从来不为名牌所累。我跟她同事四年，从来没见她发过脾气，碰到再烦心的事也和蔼可亲。她每晚 11 点准时入睡，每天运动一小时，早上 7 点起来背法语，三个月旅游一次。

有一回，我实在忍不住了，问她怎么可以有这样的自控力？她讶然道："没有啊，我习惯了呀，从小就这样。"

是的，她爸妈都是大学教授，自控力对她来说已经是一种本能，而不是强迫性的。

我以为爱好是不需要控制力的，只有那些你不愿意做的，才需要出动控制力这个概念。既然是强制性的事情，那肯定是你个人不愿意的，既然不愿意，那么它的可控性是时时刻刻会输给你的本能的。一个不留心，本能就会跑出来，所以，今天的跑步别跑了，今天的工作留到明天做吧……

当有朋友问我，不喜欢一个男人，但是觉得他条件尚可，应该结婚么？我是持否定态度的，至少你要坚持到你有一点喜欢他的程度——对于一般的人，理智是要给本能让路的，理智的可控制力可能只是本能的十分之一。

在婚恋中，"千金难买我愿意"算是一条真理。对我而言，这点也特别明显——我不喜欢做会计，所以这是强制性的，所以我要出动我的自控力，但还是做得很糟。

不过对于写文章，我完全依仗我的本能，一篇文章，来来回回改了几次，甘之如饴。与此同时，我用了 30 年也无法完全克服我的"懒"。所以我说，从心里明白到动手去做，这条路太漫长了，即使对于我们这种正当盛年的人，也难于上青天，何况父母辈？

在我越来越成熟之后，我开始变得宽容起来，尤其是对父母宽容起来了。必须承认，我们无法拯救父母，也无法从本质上改变他们，甚至，连改变自己我们没准到死也没法做到。

那么，怎么办？我不知道。让我选择，我会选，尊重自己，然后在其他方面补偿父母。

有些话，他们听不明白，你说一万遍他们也听不明白，但是——那总比你一句都不说要好一点点吧。

"见识"是个好东西，希望你也有一点

弟弟，你将要上大学了，爸妈叮嘱我，要好好地告诉你一些做人的道理。

然而，我这个人最怕说教，一说大道理，肯定尴尬癌发作。但是跟你比起来，我也是一块"老姜"了，接下来要说的也未必多么对、多么全面，只是自己这三十余年的一点感触。

我们生活在底层的人，往往分辨不出眼下正在走的这条路值不值得继续走下去。钱和光明不会一下到来，就像人在隧道里走，你不知道这个方向对不对，前面这路还有多远，你不知道自己是否有时间找到出口，你觉得焦虑极了，这是一种常态。

根据我的总结，有个最好的判断方法：如果你处于一个循环中，是"加油——落后——再加油——又落后——再加油"，那就是找对了方向，一直遇到厉害的人，人的反弹机制会强迫你在这个环境中往前赶。

退一步说，你自己没有这个行动力，你接触过优秀的圈子后，至少不会做出无下限的蠢事。

一个人在变好之前，首先要知道什么叫作"好"，而我们中的很多人连这个都没有认知。

我是做戏曲评论的，但是我对京剧并不了解。有一回我在网上请教一位京剧大家，说某演员水平怎么样。

那位专家回答得意味深长，他说他至少懂得分辨美丑。

毕竟在他那个时代，眼里见到的是梅兰芳、程砚秋这样的京剧大师，光见识就高出人一大截了——真正见过好东西的人，哪怕自己创造不了好的，总不至于将艺术毁为一旦。

这个回答让我是有点开窍了。

这不只是京剧的理儿，是世界上所有东西的理儿。之前让你考个好大学，不只是名校毕业好找工作，或者是积累人脉这些实际用处，更大程度上是风气。

在优秀的环境里，拥有良好品质的人更多，比如出色的自我控制力，踏实的实践能力，和善包容的为人处世的态度等，而这些东西能对你本身的人格形成有促进作用。

人与人之间最大的区别，就是见识的区别——见识导致了你的思维和行为，最终决定了你的命运。

曾看到一个姑娘发帖，说她怎么失去了她富二代男朋友的事儿：

她是贫家出身，把钱看得很重，也很省，然而自尊心很强，男朋友送什么，她都拒绝，出外消费都要比划再比划。她男朋友表示：为什么要为了这个小钱而浪费我的精力，我本来可以用这精力挣更多钱。

有人说，这是门不当户不对。其实，这就是两人见识的差异。你现在去仔细观察一下生活，常常会看到熟悉的、生动的，关于"见识"的语录：

"少穿这种二三十元的垃圾货好吗？"

这句话的言外之意是，她要让你注意到她穿的是 200～300 元或者 2000～3000 元的衣服。她的见识也就值这百来块、千把块钱了。当然，现在很多人都做物质的奴隶，但是我不希望你是其中的一个。

"男人有几个对爱情忠贞不渝的？"

"女人有几个不想嫁个条件好的？"

这种人，以后找的男朋友很有可能就是朝秦暮楚的风流少年；找的女朋友，大概也是因为他的家庭条件——当然，如果他们竟然还能有钱的话，他们的见识只能让自己找到这样的爱人。

把占便宜当作人生最大快乐的人，一顿饭也要蹭的人，他的见识导致了他没有展翅高飞的那一天——当然，以他的见识，他也不会遗憾不能展翅高飞：不是每个人都想做大鹏鸟，有人就是想做鹌鹑！

然而，这并不能怪上面这些人。

"见识"这个东西，其实比普通人想象的残酷多了。

见识不是空幻的，它来自你吃过的饭，穿过的衣，看过的书，走过的路，你家里的父母，你身边的朋友，你经历过的那些事情，它们共同组成了你的见识。

我与你来自小县城，成长于普通家庭，就读于一般学校，是学校里再普通不过的孩子。前几天跟你发微信，我说希望你不要重复我的路——偷懒、焦虑，那会耽误很多时间。另一方面，我想跟你说，某些路我也走对了，希望你也有我的运气。

以下是几点建议，你可以看看：

一、多看书。

在这中间，你会发现有很多人有很恢弘的人格。你说，这些都是虚构的。不过，假如写文章的人不知道恢弘，那么笔下一定写不出恢弘之美。

阅读是成本最低却终身受益的良好习惯，值得你培养，如果你可以坚持下去的话。

二、坦率而不冷漠。

不要怕别人看到你的缺点，缺点会让你更可爱，"人无癖不可与交"。冷漠的人会受欢迎，那只出现在电视剧里。力所能及地帮人家忙，也要记得"一碗米养恩人，一斗米养仇人"——凡事有度。

三、正确的金钱观。

钱很重要，没钱谁都过不了，有钱才有选择权，但你要驾驭物质，而不是让物质驾驭你。不要嘲笑他人的贫贱，这是下作人做的事。

四、要学会爱自己。

因为你很快就会发现，自己是个多么讨厌的人。也许你已经把自己想象得够糟糕了，但是真实的你有可能更糟糕。但千万不要过度，一位姐姐送给我的话，今日转赠给你：你要做个对外界敏感但对自己不敏感的人。

五、最后送给你胡适先生的话："怕什么真理无穷，进一寸有一寸的欢喜。"

穷人思维最典型的表现，就是想一步到位，一蹴而就，三番两次没做好就拉倒，于是一辈子都做不好了。

我最亲爱的弟弟，世界上有各种活法，你只能自己去选一种，我无法替你去选择，只是"莲花出水有高低"，人对自己有要求，才能赢得别人的赞赏和世界的善意。

多读书，勤努力，长见识，惹人爱。"见识"是个好东西，我希望你也有一点！

"随便"的人生

活到三十岁，忽然发现自己是个愚人——逐渐懂得听别人说话，哪怕最简单的话语，也常有茅塞顿开的感悟，真令人哭笑不得。

在丽江，有位新认识的朋友请我喝茶，我惊艳道："这是我喝过的最好喝的普洱茶！"他微笑："这只是很一般的普洱茶罢了，你平常都在哪些地方喝茶？"我一怔，摇头："我对普洱茶没有研究，随便喝下罢了。"

离别的时候，我客气地说："改日你到广州，我请你吃饭。"他眯着眼睛问："有什么好吃的？"

广州有什么好吃的？呀，我在广州待了六七年，这个问题还是难倒我了。

我不是不爱"吃"，闻到香味，口水便随之而来，这是人的本能，纯粹的生理反应。

我也曾跟朋友们一起在广州，在旅途中的大街小巷四处找吃的——丽江的辣排骨、北海的烤鱼、凤凰的腊肉，这些记忆都历历在目。然而不得不承认的是，这种种行为都不是我自发选择的，绝大多数情况是，跟着朋友们凑热闹罢了。

若是独独我一个人，我对"吃"相当冷淡——填饱肚子是终极目的，也无风雨也无晴。与人吃饭，我最烦点菜，嫌麻烦，懒得动脑子，不太能理解那些为享受美食宁愿排队三四个钟头而无怨无悔的人。

同样是在丽江，遇见一个英俊男人，身着牛仔衬衣，卡其色裤子，笑容灿烂，没带女伴，甚至他还主动跟我聊天。

"好色"亦是人之本性，旅行完毕，犹自念叨这"遇美记"。

朋友问："你动了心没有？"

我摇头："没有。"

她说："为什么？至少可以试试，那可是在丽江。"

为什么？胆怯？怕被拒绝？怕麻烦？至少可以试试，那可是在丽江！

翻来覆去地想，为什么我是这样的人？我爱美食，也爱美人，既"好色"又"好吃"，只是，这些年来，我既没有吃到什么，也没有爱过什么。我站在孤独的河沿上，荒凉地把自己的"青春"一把把扔出去，渐渐地扔到所剩无几。

究其原因，只是因为我"懒"。

到哪里吃？到哪里玩？跟谁谈恋爱？对未来有什么样的计划？人生理想是什么？随便！随便！随便！懒得去想，懒得去动，只要死不了，随便就好！

"随便"看似随性自如，其实就是"懒惰"，只是前者看起来漂亮多了。

"随便"也没什么，我无病无灾地到了三十岁，不过此时却想起黄碧云的一句话："如果有一天我们淹没在茫茫人海中，庸碌一生，那一定是我们没有努力活得丰盛。"

一直生活在自己的人生轨道里，多么幸运

如果有人问我：何日君，现在的生活怎么样？我想我会脱口而出：命运多舛，生无可恋。然而，停顿一分钟，或者更久一点，我会说：挺好的。

是，我没挣多少钱，也没福山雅治那样的男朋友，然而我感觉自己跟蜗牛一样，慢慢地在接近我的理想，我并没有把握有一天我会真的实现它——我只是庆幸，隔着生活的浓浓迷雾，我只知道它还在我的心里，不曾丢失，这已经很好了。

我在一个小县城长大，那里跟全国的小城市类似，20 世纪90 年代那会儿的初中也跟全国小县城的初中没什么区别。

读初一的时候，我已经是个很傲娇的少女，尤其是在作文课上傲娇：在周二下午的作文课上，语文老师不厌其烦地念我的作

文当范文。直到有一天，一个女孩凑过来，冷冷地跟我说："你写的一点都不好，幼稚死了，典型的《中学生作文选》范儿。"

那是个短头发的高个子女生J，轮廓很深，睫毛很长，有一双漂亮到清冷的大眼睛。我盯着她，也冷冷地说："那就把你写的给我看看。"

她忽然笑了，吐了吐舌头："我根本不写作文，每次都抄几篇交上去，怎么给你看？"那是我跟J的初次交谈。

之后，总是一个人待着的她，黏上我了，就连做广播体操她也要等我一块儿去。女生都是三三两两地聚在一起的，我也正需要一个伴，于是我们一块儿去打饭，一块儿去厕所，一块儿穿梭于学校的小卖铺。

J借给我看的第一本书是《鲁滨孙漂流记》，她说实在是太好看了，那是她理想中的生活，非要借给我看。我看了半页就还给她了，不喜欢。

我喜欢席娟的《抢来的新娘》，我兴致勃勃地跟她讲起男主角如何遇到女主角，并吻她的。听完后，她冷着一张脸，笑我幼稚。

我生了她一天气，她表示抱歉，并赌咒说，她会回去加班加点地把这本书看完。

第二天早自习，她换位置换到我边上，兴奋得手舞足蹈："好看啊真好看，男主角帅死了。"我得意："你不是只看名著的么？现在回答，《鲁滨孙漂流记》好看，还是这本好看？"她赧然："这本好看。"

我们就这样开启了看言情小说的生涯，那大概是我一生中看书最多的时期。路边摊十块钱三本的，一块钱一本的书，我俩瞒着家里人不吃早餐，把省下来的钱都买了这些东西。

县城里有家漂亮的书店，我俩趁着晚自习前一个钟头的吃饭时间，摸到里面去看最新的小说。书面上有封皮，老板不让撕开，于是一个人替另一个人把风，让另一个人扒开了来看。等老板来了，再急急忙忙塞进去。

当然，常常有被逮到的时候。有一回，两人都被骂哭了，骑着自行车潦草地走在那条窄巷子里，她忽然说："为什么我们不自己来写呢？自己写了交换着看，不好吗？"

于是，我开始动笔写我的第一本小说，到今天我还记得我给我的小说男主人公取名叫"陈以哲"，但是我没把陈先生的经历给写完，便偷偷地在自习课上看 J 写的小说。

她比我写得好多了——凭着对言情小说浩瀚的阅读经历，我当即就下了这判断。于是，嫉妒开始在我的心田萌芽，我不肯继续写故事，开始不再搭理她，骑车回家时一个人在前面骑得飞快，做广播体操也不再站在她前边。

她大概有些惶恐不安，过了几天，终于，有一天课间，她唯唯诺诺地走过来，蹲在我跟前，趴在我课桌的边上。

"喂！"她声音打颤，"我跟你说个秘密。"

她用她的秘密交换到了我对她的再次热情。

那是个残酷的秘密。她告诉我，她本来有一个姐姐，父母只想再生个儿子，谁知道生的是龙凤胎，而且两个孩子都很聪明，都在一中读书。只不过她好像是个多余的，不该出生。

从此，她有了把柄在我手中，嫉妒她的时候，我会说："J，你是个多余的人，你不该出生的。"听到这句话，那双清冷的大眼睛会瞬间黯淡下去，神采全无。

初二的时候，班上来了位新的物理老师，姓李，瘦高，挺拔，白白净净，讲课也风趣诙谐。那节物理课后，J抓着我的手说："这李老师好像一个人。"

"像谁？"

她喃喃道："不知道，只是觉得很熟悉。"此后，在任何课堂上都喜欢打瞌睡、递纸条的J，在物理课上变得无比规矩、主动，像极了好学生的样子。李老师也渐渐地喜欢起她来。

一个学生，哪门功课好，该功课的代课老师就会很喜欢这个学生，而这个学生因为老师的喜欢会越发喜欢这门功课，成绩也会越发好起来。这是客观现象。但是，当时对J的变化，我疑惑而不满。直到有一天，她悄悄递给我一大叠材料纸："喏，你看，我把它给李老师看，你说会怎样？"

我吓坏了，那纸上写满了"欢喜"与"爱意"。

"怎么样？"J急切地问我。

我吞吞吐吐地说："当然不可以。"

"为什么？"

"会被学校开除的。"我回答得非常胆怯。

J恢复了像那一次批评我作文时的冷峭："我偏要试试。"

至今我都不知道，是谁传出了风声，只知道忽然全班就都知道了 J 喜欢李老师这件事情——不，不是全班。做广播体操的时候，隔壁班有人会大叫："那个叫 J 的，李老师在那边呢！"

J 对同学们的奚落没什么反应，却在私下惶然问我道："你呢？你会跟他们一样讨厌我吗？"关键时刻，我很仗义地表示，不会。她摸摸胸口，放心了。

问题没出在我这儿，出在李老师那儿。

李老师上课有个习惯，他叫人回答问题总是喜欢一组组叫。因此，每次当他叫这组第一个同学，接下来，这组后面的人就一堂课都无法安心了——"下一个就是你"的感觉太糟糕了。

不知道从什么时候开始，李老师在叫 J 这一组的人回答问题的时候，会不经意地跳过 J——对他而言，她仿佛不在这间教室里一样，他能够忽略。然而，同学们却不能。

每当此时，大家都在底下窃窃私语起来，只留下一脸灰败脸色的 J 坐在座位上，呆若木鸡。

J 第一次喝了很多酒，不肯上晚自习，连续旷课，班主任让她妈妈来。我在校门口遇到 J 与她妈妈，她妈妈一路上骂骂咧咧，她跟在后面，行尸走肉一般，既不冷峭，也不调皮，甚至也不惶惑。

那时候马上要上初三了，J 却坏起来了，开始跟人翻墙出去逃课、打游戏、看录像，分班时理所当然地分到最差的班。

我甚至不怎么能见到她，最频繁地听到她的名字是在学校广播的通报批评里。

有天下午搞卫生，我负责扫楼梯口。忽然有人从黑色的楼梯扶手上刷的一下滑下来，吓了我一跳，于是躲得远远的。原来是 J，她染了头发，染得金黄金黄的。

"你还看小说吗？"

我唯唯诺诺："看呀，看呀！"

我没有靠近她，隔着很远的距离跟她说话。

J 写了个很恶毒的故事，她把男主角写死了。她写她亲眼看到他被装到黑色棺木里去，等到棺木埋进土坑里，愤怒的棺木不甘心，朝她咆哮着。我感觉这小说比鬼故事更可怕、阴冷，没敢读完，第二天一大早就心惊肉跳地还给她了。

"你写的是李老师？"

"不！"她沉默了，"我写的是我自己。"

"我的爱情和人生都消失了。"她说。

J 没读高中，出去打工了。她说："我考得一塌糊涂，这没什么，唯一不爽的是，哥哥姐姐又都考到了县一中。我真是我爸妈的孩子吗？我都怀疑了。"

高中很寂寞，有做不完的试卷。J 常给我写信，当然，这对我的寂寞于事无补。不过，我还是喜欢看她的信，很是风风火火。她说，工厂里有男孩子喜欢她，可她嫌弃他们的普通话蹩脚。

她说："这个破工厂，晚上 11 点就不供应热水了，冬天连续洗了好几天冷水澡。抠门的工厂老板，说了加工资又不给加，饭堂筷子都挑断了，也找不到几块肉。"

高二的晚自习，我躲着看她的信，被语文老师也是当时的校刊编辑部主任看到，他很惊讶："你这朋友的文章写得相当漂亮，就是有些地方用词太脏了。如果她愿意，可以给我们校刊写文章。"

然而，J没有同意："滚开滚开，我讨厌那帮虚伪的老师，我写得脏？他们才脏。"

J给我买过一套衣服，一件白色毛衣，一条红黑相间的格子裙，那是我在高中时代唯一自觉好看的一套衣服。

我问她："贵不贵？"

她笑嘻嘻地说："姐妹儿能挣，这种感觉真是太好了。我现在特好，什么都好，没有人管我，就像鲁滨孙探险一样，那两个人也眼不见心不烦。我又看了一遍《鲁滨孙漂流记》，还是喜欢这个故事。最近看了什么书？《堂·吉诃德》，好家伙，跟风车作战，牛啊！"

J喝醉后给我打过一次电话。电话里，她哭着推翻了她之前说过的所有话：

她不好，流水线工作很辛苦，精细程序导致她的视力急剧下降。她的哥哥和姐姐以她不敢直视的优秀一次次在县里拿奖，姐姐考上了重点大学。

宿舍里天南地北的女工们，没人跟她有共同语言。她自诩跟她们不一样，然而她跟她们干一样的活儿，拿一样的钱，她实在搞不清楚她跟她们中的任何一人有什么区别。

工厂里说着蹩脚普通话的猥琐男人搞大了她的肚子，已经流产掉两个了。

她在大冬天的夜里给我打电话，边哭边说好冷。我看到窗外寒气凛凛，无比威风。

这事过去，她没再提，之后在信里说她又过得风风火火了。倒是我，每每看到她写得最痛快的时候，终于会不自觉地落下泪来。

我大学毕业的时候，J回到了小县城，她说打算结婚了。我陪她在街上试衣服，她拿着一件大红色长款羽绒服左看右看，咧嘴笑："我一直以为我会在教堂举行婚礼，穿着名师设计的礼服，结果我穿件长款红色羽绒服在乡下搭个帐篷就结婚了。"

我笑得很虚伪："这衣服挺好的，衬你衬你。"

她认真说："是衬我啊，我现在也就这样了，一双眼睛已经跟瞎子一样了，这些年钱也没攒下，能结个婚已经不错了。"

J的新郎是个35岁的厨师，挺着中年男人的大肚子，对她还挺好，甚至对我也好。我去他们家，J跟指挥官一样："那谁，给我朋友炒个蛋炒饭，蛋多点，加卤菜，不要葱花。"

过了一年多，J在QQ上跟我说："怎么办，我怀不上？"

"去医院看看呐。"

"我不敢去，你知道我流产过两个。"

J最终没去医院，以离婚收场。

这之后，J又告诉我："我又要结婚了。"

"跟谁？"

"哎呀，谁谁谁，又有什么关系呢？"

这一次，她嫁的是县城下面一个乡镇的，一米六几的打零工的独生子，他家在乡下砌了一套水泥房，她跟男方父母一起住。

我去参加婚礼，找厕所，找了老半天，才在房子外围找到了茅房——一个坑上面架着两块木板，人踩在上面一摇一晃，木板儿爬满了蛆。我在那儿待了3天，不敢上大厕。

我离开时，J送我出村口，跟十八里相送一样送了好远。她穿得倒还是艳艳的，红红的大衣，下面配长靴，一眼看上去还是过着好生活的姑娘。风呼啦啦地吹，吹得我俩的围巾和头发一起飘。北风呼啸中，她说："你还写东西吗？"

我含糊地说："写啊。唉，反正也就那样，写的东西也没几个人喜欢看。"

她推了我一把，说："我也觉得，你那文章本来就写得挺庸俗的，我要正经写，肯定比你好。"

嗯。我知道她说的是真话。

又过了一年左右，J告诉我，她怀孕了。

我欣喜若狂："J，不是你的问题啊！"

她沉默许久："那么，谁来养活呢？我一个人嫁给谁都没有问题的，孩子呢？"

"他还是没工作吗？"

"一月挣那么一千多块吧——好的时候。"

这之后几年，我们只偶尔打电话聊聊。

去年过年，我去探望了J，她在乡下开了间小卖铺，卖些卫生棉卫生纸、瓜子花生。3岁的女儿在地上爬，爬得一身脏兮兮的，胸前鼻涕都干巴了。

那终于不是我记忆中的 J 了。她抱怨婆婆重男轻女，不帮她看孩子；抱怨老公不出去做事；抱怨她的姐姐和哥哥不救济她。她把"抱怨"唱成一首歌谣，腔调都已经固定好了，一旦开唱，就停不下来了。她一支接着一支地唱着这歌谣，已经不在乎有没有观众去听了。

临走的时候，我掏出一千块钱。J 说："不要不要。"我说："拿着吧，给孩子买吃的。"

我慌慌张张地把钱往孩子的衣服口袋里塞，J 演戏一样夸张："行，收下。来，给阿姨磕个头。"把孩子一按，孩子"咚"的一声跪地上了。

我结结巴巴地把孩子抓起来，强自镇定："J，你真是，亏得我命硬还经得起这一拜，不然一磕头把我嗑死了怎么办？"

"呵呵，你真是的。"

我跟逃命一样逃出村口。我想，我与 J，我们这十几二十年的友谊终于结束了。

2015 年的 8 月，爷爷去世，我回家奔丧。出殡上山时，爷爷的棺材下降到泥坑里的时候，我忽然心悸，愤怒的黑色棺木不甘心地朝着人们吼叫，爷爷一生的爱与恨就这么结束了。

而 J 在初中就这样说过了，我想，她本来应该是个写作比我厉害很多的人吧。一写至此，又不觉眼泪纵横，这些年来曾断断续续提起 J，却不敢系统去写。如今，在这个深夜里，才写了她的故事。

我到现在都庆幸，我一直在写，虽然文采有限，见识颇浅，未来渺渺，前途茫茫，穿透浓雾见到光明的路途不知道有多长多远，但是我一直朝着那个方向在艰难前行。

所以，当你问我：何日君，你幸不幸福，幸不幸运？收拾起我一贯的嬉皮笑脸，我会慎重回答你：我的人生，我还可以施加一点点控制力，这样的感觉实在是太好了，幸福而且幸运。

人是很贪心的，千般好万般好，还想更好，好上加好。有时候停下来思考下，打量下，会发现：你一直生活在自己的轨道里，多么珍贵。

别总给旅行强加意义

我妈不同意我每年出去玩，她很顽固："你没多少钱，应该存着当嫁妆。"僵持几次无效后，她退了一步："那你应该拿这些钱去欧洲玩，而不是在国内玩，至少以后你还可以拿出来说说。"

我妈一直特别特别反对我看戏，理由是："你看戏有什么用？一张票480元，你买身好衣裳，一两个名牌包，不知道多少人羡慕！"

"面子"这个东西贯穿国人的生活，男女老少都不得幸免——做一件事，自己能从中获得纯粹的快乐也许只有 20%，其余 80% 是源于"别人羡慕"的附加值。

"穿出去让人羡慕""背出去让人羡慕""带出去让人羡慕""拍出来让人羡慕"……我们做一切事情都难以摆脱这些核心内容，从衣着打扮到配偶，甚至到旅游，莫不如是。

曾经在天涯看过一个谈论安妮宝贝与亦舒的帖子，有个人的回帖简直淋漓尽致："安妮宝贝的文字怎么能跟亦舒相比？人家亦舒的书中，主人公用的是什么品牌，度假去的是什么国家？安妮宝贝去的柬埔寨，那能比吗？"

旅游真的分等级，跟鞋包类似，"内地游"不如"港澳游"级别高，港澳又不如台北；最不济的出国游是越南、泰国、柬埔寨；新加坡、沙巴，没啥了不得；到了希腊、罗马、巴黎，这下总算有人心不甘情不愿给你点几个"赞"了，旅游者心里也舒服了。

这倒不是嘲笑人们不建设精神文明，其实他们都是建设的，只是带着良好的自我感觉罢了。

就拿听戏来说吧，还有不少人觉得听昆曲就气质卓然了，听京剧就高人一等，有贵族遗少的范儿了。仔细推敲，这种艺术爱好出自同一个目的："我会、我懂，我比你厉害，你能不羡慕我吗？"本质上跟"我买得起巴宝莉，你买得起吗？特羡慕我吧"完全一致。

有钱的通过物质平台获得大众羡慕，没钱的多读三两本书强调自己可不羡慕谁；没结婚的展示自己自由让人羡慕，结婚的放家庭合影、夫妻和谐、孩子听话证明自己过得还不错——至于内心的真实感受，不重要，因为无法客观展示给人看，所以忽略不计吧。

我们就这样在一个"面子"工程里活了一世。

旅行已经司空见惯，我不反对旅游——散散心、休个假、凑个热闹，完全正常，一点儿问题都没有。但是，越来越多的人喜欢给这事儿添加一些"高大上"的标签：比如，找到另一个自己；比如，寻找生活的意义；比如，真实地活着，跟大自然对话，跟心灵对话……

我倒是想统计一下，有多少人跑到鼓浪屿填了几张明信片，喝了一杯张三疯奶茶，住了一晚，回来后就变成另外一个更好的人了？难道我是唯一一个去了之后，回来还是这副死德性的人么？你们去了之后真的变得容貌昳丽，气质绝佳，性格来个180°的大转弯了吗？

那么多哲学家研究了一辈子，搞得欲生欲死都没给"人生的意义"做出准确的定义，你坐趟铁皮火车，或者开个破车，或者半路搭便车跑西藏一趟，你就搞清楚啦？你让那些搞哲学的人情何以堪？

说什么旅行才是真实的人生，我相信上班的时候上司骂你骂到喷一脸唾沫的那一刻，你的真实感应该更强吧，简直是 IMAX 的效果。既然认定心灵对话，那么着眼点肯定是"心灵"，对话的地点、环境就不应该喧宾夺主，在西藏和在公交车上，差别应该不大。

关于旅行，只需做好两点：第一，真实地面对自己。第二，不要给别人添麻烦。

你自己的内心应该比谁都清楚这次旅行的真正目的，是拍了几张漂亮的照片来装饰虚荣感，还是上班太久，疲惫了，想散散心，或是真的想寻找生活的另一种可能？

注意，我所说的这三种情况，并没有好坏优劣，拍照片修饰虚荣心，和寻找生活的另一种可能，都只是一种让自己快乐的途径罢了。

真实面对自己之后，你才能坦然地面对预算，坦然地选择旅行的地方，甚至时间应该怎么分配。这样就避免人云亦云地跟人挤着去同一个地方——爱拍照的就全力以赴去拍照，因为身体原因上不了喜马拉雅山的就别勉强。

第二点更加重要，因为涉及到别人。为了漂亮穿高跟鞋登山攀岩，为了探险走入危险境界，害朋友家人为你提心吊胆，甚至出动警力想方设法救援。如果做了这些，你还谈什么人生意义呢？这简直是缺乏做人的基本素质，缺德！

旅行的意义很可能只在于：在大城市待久了，到陌生的空气清新的地儿呼吸一下新鲜空气，抬头一望，太阳高照，蓝天上白云悠悠，身边分布着绿树红花，的确也是美事一桩。

作为一个不折不扣的文艺女青年，本人穿梭于各式各样的花样旅行口号中，最后只想来一句："没钱少出门，出门少装，谢谢！"

养儿莫防老，防也防不了

李安 1992 年拍的电影《推手》，片中，郎雄给儿子留字："吾儿，人说共患难容易，共安乐难，想不到今日印证在你我父子身上了。当年那般贫穷，我们熬过来了，如今美国的物质条件这么好，你却是想赶我走了，这不由我常常怀念你儿时的可爱模样。"

我们院里有个大叔自己种菜，然后拉到市场去卖。有一天他挑着空担子回来说："太难得了，天天在市场卖菜，从来只听到人家说，这个菜要买给孩子吃，今天竟然碰到一个人说，这个菜要买给妈妈尝尝，我就都便宜给他了。"

大叔的话，让我想起了我奶奶。

我爸是我奶奶最小的儿子，她到 80 多岁的时候还替他忧愁，一看到他就问："你吃饭了么？""你听我的话，少抽点烟。""你手头有钱吗？"我爸则跟大多数做儿子的一样笑啊笑，也没几句贴心话跟她说，有时候烦起来，还索性不理她。

奶奶先前跟我伯伯住一起，我们一家四口看她的次数有限，我只记得每次离开伯伯家，她就站在路口看我爸开车走。我在车的后视镜里看到，我们走了好远，她还站在那里，直到我慢慢地看不清她的影子。

我奶奶去世的时候，因为春运，我没有赶回去，但是这之后，每次回伯伯家，经过那个路口，我心里都很难过：再也没有小老太太站在路口对我们有所牵挂了。

那时候我年纪小，还不懂人情。记得有一回，奶奶要抱一个表姐的儿子，那小孩号哭，不让她抱，她就说："看，这个小家伙，他也这么势利，不要我们老的抱。"

《推手》里的陈太太跟女儿、孙女一起爬山，女儿、孙女爬得飞快，陈太太逞强，一直扶着山壁往前赶，最后还是被甩到了后面。陈太太一屁股坐在台阶上，哭了：都嫌我老了，不要我了，我没有用处了。

现在想想，奶奶想表达的也就是这个意思。

我妈曾经发牢骚，她是为了我和弟弟才忍受婚姻的，我不耐烦："不要把问题往孩子身上推，离婚就离婚，没什么了不起的。"

之后我遇到了一个朋友，她妈妈在她4岁的时候跟人跑了。她爸跟她说："你从今晚起就一个人在隔壁房间睡。"她感觉到了爸爸冷冰冰的语气，于是一个人在隔壁房子里一直哭到天亮。第二天晚上又哭，第三天又哭。最初的一个月，每天都在哭。

后来她爸再娶，她被送到姨妈家读书。那时候她最大的愿望就是，时间过得快一些，很早能死就好了。

因为这个朋友的缘故，我忽然发现，我能对我妈说"你走，你走，我不在乎你"的时候，我已经自立了，不再依靠她活着。于是，我敢这么说：假如我回到嗷嗷待哺的幼儿时，无经济能力的少时，我大概是不敢轰她走的。

想想，人类是多么可恶的动物啊，再也没有比我们更自私、更懂得判断利弊的动物了。

你对父母冷漠，因为你烦，因为你自己处境不佳，因为你爱他们而无法承担他们，更因为他们失去了必须存在的价值；你凶，你对着他们吵，从某种意义上讲，你剥削完了他们的资源，开始变得有底气、有恃无恐地嫌弃他们。现在主客场变了，他们需要你，比你需要他们时，更需要。

小津安二郎的电影名作《东京物语》中，一对老夫妻到东京探望子女，儿子是医生，工作忙，无法照顾父母；女儿开理发店，有自己的事做——为了打发二老，他们凑了一点钱，给父母报团旅游。在旅游途中住的酒店里，老两口早早睡下，听到隔壁的年轻人嘶吼着摇滚乐。

天地间只有寂寞。

这些儿女就是我们。你还要怎样，都凑了那么多钱给你们出去玩，还有什么不满意的？看我在大城市多辛苦，家里有这么多事要做，我容易吗？

这些父母，也就是我们的父母。

父母与子女是世界上最不对等的关系，两者在时间上尤其不对等了。

从襁褓中开始，父母看着孩子逐渐长大，什么时候长牙，什么时候会笑，什么时候张嘴叫爸爸妈妈，什么时候第一次学会翻身，什么时候能坐稳，这些所有的所有，大多数父母都牢记在心，刻骨铭心。

而做儿女的，这些印象生来就缺失。5 岁以前的事，谁还能记得清晰？在老天爷给的我们可以共同面对的时间里，这个时间落差至少是 5 年，甚至更长一些。

彼此的走向不对等，孩子走上坡路，父母走下坡路，根本是价值观和思想意识渐行渐远的残酷过程。

在很多次与别人聊天的过程中我发现：仅仅 1% 的人欣赏自己的父母；5% 的人真正理解父母；80% 的人爱他们，但是这爱里有 50% 源于同情，就是觉得他们舍不得吃，舍不得穿，为自己付出，很可怜。

这爱不是来自理解和欣赏，本身已经居高临下，所以很多人会一边心疼父母，想报恩，一边在不耐烦地对他们指指点点。但是，这又是普通人无法避免的人生命题，因为人的本能就是讨厌衰老和死亡的，大家都更喜欢年轻向上的生命。

压力不对等，父母把自己的孩子抚养大，压力刚刚卸掉，而孩子马上迎来自身的压力——进社会、就业、结婚生子，完全忙不过来。连照顾自己小家庭的功夫都有限，能分出精力来照顾父母就更不容易了。好像柏杨先生就说过，爱是一代代往下传递的，不具有回溯性。

以前，做父母还有个必然的优势，你的孩子最后也会成为父母，"养儿方知父母恩"，在带你自己的孩子的过程中，重新走一段你爸爸妈妈曾经走过的人生路。这样，子女对父母纵然没有很多实际的照顾，总可以互相理解。

互相体会彼此的处境是重要的，电影《客途秋恨》里，张曼玉一直痛恨她的日本母亲性格冷漠。后来她陪母亲回到日本，在这个语言完全不通的国度，她感受到母亲当年在中国的感受，最终才原谅了母亲。

随着时代的发展，"丁克一族"越来越多，不婚的人也越来越多，子女重走父母人生路的概率又降低了。

做父母的人，大概也知道自己的处境是被动的，尤其到了这个年代，选择做父母的人已经越来越明白这个道理。

老本，老朋友，老伴，这成了人们晚年的保障，很多人不会再把孩子算进去了。生孩子成了一种人格的修炼，在养孩子的同时去丰富自己，与他共同成长，这种观念自然辛苦，但是豁达。

孩子只是通过你而获得生命，而不是让你规划他的生命。你生孩子，不是因为实际意义上的划算，连80%都不会有，只有付出多过收获——我见过能沾孩子光的人，真的极少极少。你不生孩子，那是你的天赋人权，谁也没法拿你怎么办。

我常常看到别人感慨，现在这个时代世风日下，人心不古，好怀念过去……其实，我蛮喜欢这个时代的。你独立选择，你自主付出，你自担后果，一切的主动权在自己手上！一个经济分明、责任分明、理性沟通逐渐建立起来了的时代，不是挺好的吗？

文艺女，不靠谱的简单生活

嗯，这是我在广州待的第七年了。

一个人，而且是一个不聪明的人，每次看到论坛里那些把生活打理得繁花似锦的人，我都目瞪口呆。然而，我写这篇文章的目的也并不是为了哭诉我有多悲惨，或者炫耀我有多另类，我只是想"存现"一种真实的状态而已。

"不结婚，没生孩子，你做什么？不无聊吗？"这是很多已婚的人都会问我的问题。

白天是很好解决的，跟有家庭的普通人差不多，一天八个钟头就在公司打打闹闹、忙来忙去过去了。休息日的白天，除了一年有限的三五次旅行外（那需要太多钱），我最喜欢泡在咖啡馆看看书，或者找些心仪的朋友聊聊。

从前我特怕朋友结婚，怕以后没人跟我聊天，后来我发现这个观点错了——朋友是流动的，A 没空陪你聊天，或者生活际遇不同，聊不来了，那就接着跟 B 聊，B 聊不来了跟 C 聊……

世人那么多，代代无穷已，能聊天的朋友，只要你有诚意有真心，总能交到那么四五个。

我喜欢跟人聊天，一个人只能活一世。但是听人聊，你把他那部分也给参与了。

下班回家比较晚，某些时间，我会出去看戏。戏大概是十点半结束，完了坐地铁回到家，就直接洗洗睡了，明日继续上班。有些时间，会跟朋友们出去聚餐，聊到酒阑人散。

当然，有时下了班直接回来的时候，比如现在，我的身体本能比较不喜欢这时候——此时已是深夜，一个人待着，世界很安静，什么声音都没有。安静让人有一种绝对恐惧感。

我想大家都需要结婚和家庭，很大一部分缘故是为了回避这绝对的安静。如何对付这绝对的安静，曾经困扰我很久。赵薇有次接受采访，说她最低落的时候，她会抱着自己的肩膀告诉自己：不要害怕，看，你可以保护自己。

我自己举一反三地做了推断：看，不要怕，你可以自己跟自己玩儿。

对，一个人生活，怎么跟自己玩儿，实在太重要了。过不了这个坎，又没找到合适的人结婚的人，会过得很糟糕，或许就因为没学会这项技能。

现在，我的这项技能练得越来越好了。

我写文章跟人玩游戏一样上瘾，十天八天不写就耐不住，这对于一个爱写作的人来说，是一种很好的状态。你有倾诉欲，不代表你会写得很好，但是如果你根本没什么想说的，那就一定写不好。

我觉得这是现在周星驰的作品质量下降的原因（个人观点），因为他基本没有那种宣泄的饥渴感了，只感觉寂寞空虚冷。我不歇气儿地在写字，写着写着，转眼十一点十二点了。一觉醒来，热闹的白日已经来临。

我培养了另一种神奇的技能，假装用"艺术观察"去做那些我很不愿意做的事。

我特别懒，懒得要死，一想到做家务——做任何家务我都头疼，于是，我就"发明"边听戏边擦地板、晒衣服。我主要是在听戏，只是顺便晒了件衣服，擦了个地板而已，这样就不会觉得很亏了。

我憎恨死了菜市场，地下滑腻腻的，还有腥味，于是，我就想了个理由，我是为了培养艺术审美去的菜市场——绿的辣椒、红的西红柿、紫的茄子的排列组合，这些菜的颜色，简直就是艺术嘛！

造物者真是天才。

我一个人吃火锅，煮着煮着我开始高声吟诗："岑夫子，丹丘生，将进酒，杯莫停。与君歌一曲，请君为我倾耳听。"一般都是念李白的诗，念到摇头晃脑，就把一个人吃火锅的寂寞给忘得差不多了，还觉得自己超有气质。

一天 24 小时，一半时间我觉得真应该去死，剩下的一半时间我觉得活着挺好的。

任何一个人，不管结婚的，还是未婚的，找到一种让你舒服的生活方式和思维才是最重要的。我没怂恿谁跟我一样，我相信结婚肯定也有值得羡慕的地方。比如，结了婚，晚上睡觉就不怕鬼了。

我最怕鬼了，偏偏最近我又在写僵尸片的专题，每到此时，我会很羡慕结了婚的人。

让我感激你，赠我多欢喜

（一）

两年前的秋天，想起来糟糕透顶，当时我妈从老家来到广州——为了我大龄不婚，工作无望。她见我战战兢兢，我见她冷若冰霜。她度日如年，最后失望而回。

老家离广州很远，我要给她买高铁票，她坚决要坐夜晚没空调的硬座回去，为了省那么百八十块钱，顽固得不近人情。

要上车了，妈妈忽然跟孩子一样怯怯地说："从来没来过广州，听说这里的小笼包很好吃。"

那一瞬间，我心里十分烦躁，心里只想着："赶紧走吧，赶紧走吧，再也不要出现了才好！"

送走了妈妈，我走在黄昏中的广州，路边的灯已经亮了。

街边有个水果摊，我买了些苹果，随手拿了一个啃了两口。回去后脑子里一片糊涂，在微博上胡乱写道："长歌当哭，长歌当哭，一不能报父母之恩，二不能立自身之志，三不能替弟弟拼些立身之地。"

不停刷微博，不停刷微博，不停刷微博……这时候，一条消息跳入眼帘。

两年过去了，我连发这条消息的 ID 都不记得了，但是那句简单的话我还记得，有人说："你不要这样啊，不要这么难过啊，这样好不好，你来找我玩，我跟你在一个城市，我正在坐月子，不方便主动来接你。"

霎时眼泪倾盆，记忆铭刻。

是的，在我未来的岁月里，我也不会忘记曾经有个素不相识的人跟我说了这么一句话，它很轻，但是也很重。

（二）

大学毕业刚出来工作的那两年，我几乎就没有顺利过。

有一日，在熙熙攘攘的下班高峰期的公交车上，横扶手太高，我人又矮小，所以一路只得踮起脚伸手抓着那扶手。

公交车走一步停三步，这时候直直看过去，一整排人抓着扶手的姿态很可笑，就像一只只死鸡被吊在空中——觉得很搞笑，才咧开嘴角，眼泪又湿了衣襟。

一个人抽抽泣泣哭着，忽然有人站了起来，他说："你别哭啊，来来来，你坐你坐。"他把他的座位让给我。

那是个四十几岁、精瘦精瘦的男人，脸色暗沉，跟大街上绝大多数为生活奔波的中年劳工相似，穿着不红不橙颜色不纯的 POLO 衫，半边领子藏在脖子里，没卷出来。

我还是一个劲儿哭，不去搭理他，他悻悻然又一个人坐回去了。

那一刻，他也许尴尬极了，也许他只是想起了自己生活在异乡的女儿。

（三）

我以前住的小区楼下，有家湘菜馆，我是湖南人，习惯去那儿吃。

我从没见过那样的老板娘，一张脸冷若冰霜——她似乎是不会笑的，对任何客人都挺冷。有几次在那儿吃饭，见到她跟客人吵得不亦乐乎。

我私下跟朋友讨论，若不是她老公炒菜水平的确不错，他们的饭店大概早关门了。

我是那儿的常客，下班后总是去那儿吃，又总是盯着那几个相同式样的菜点。她大概是早认识我的了，但是跟我一点儿都不熟的模样，从来不主动跟我聊点什么，永远是：

"要什么菜？"

"干豆角炒腊肉。"

"好。"

"多少钱？"

"28 元。"

有一天，我给她 50 元找，她找给我 25 元，我说："你多找了 3 块。"她没正眼看我，说："给你打折。"

第二天再去，她还是那副冷冰冰的样子，还是只收我 25 元。

后来我换了租住的小区，有一次意外经过原来住的小区，看到那家湘菜馆没了，也许是夫妻两人一起回了老家，也许是搬了地方，另外开店了。

想起这外冷内热的老板娘，觉得挺怀念。

（四）

最初进公司的时候，我什么都不会，而且还遗传了我爸的暴躁，不服管。

面试我的是两个领导，一个春风拂面，一个板着脸。面试结束后，春风拂面的经理指着那板着脸的人对我说："你以后就直接归他管了。"

刚上班一周，他安排我开发票寄给客户，我没盖发票章就全给寄了。最后只能一家家地给客户打电话，让他们退回，盖章，重寄。

我以为他会炒掉我，但没有。

　　某天他让我找文件，我到文件柜里找了半天，冲着他说：
"没找到。"

　　他说："怎么会？"自己跑去找，找到了，拿在手里摇晃：
"怎么说？"

　　我说："领导，你知道吧，有时候，这世界上存在另一个
空间，就跟你找钥匙一样。当时你找遍了桌子，也没有。第二
天它出现了，因为当时你找的时候，它跟你不在同一个空间。"

　　我以为他会因为我的歪理邪说炒掉我，结果，他没有。

　　四年后，我因为不满新同事的工作表现跑去跟他告状，他
慢条斯理地说："当年，我能把你这么个不服管、不听话、暴
脾气的小女生培养成一个勉强像会计的财务人员，你为什么不
能对别人多一点耐心呢？"

　　我无言以对。

（五）

　　微信新加了个小姑娘，跟她开玩笑。

　　她说："何日君，我对你没有恶意哒。"

　　我说："我很神经的，常常恶意满满。"

　　她说："没关系，我习惯了，大家都宠何日君！"

　　话到此处，还有什么东西可说的呢，唯独这一句：多谢这世
界上所有给我一些善意的人们，是你们的善意让我学会做一个善
意的人。"赠人玫瑰，手有余香。"这个道理，我也在慢慢地学。

我留着你，总是希望你对我有点用处

经济有一种神乎其神的力量。

我曾与一位不愁吃穿的朋友旅行，她说她旅游是为了观察不同的人，我不以为然地说："那我还不如回去观察我妈好了。"她嗤笑："那你就回去观察你妈呗。"

我再一次感觉到"经济"把我们双方拉得远远的，永远不在一个频道上。她不明白我在说什么，我也对她的那一套不以为然。出身于小县城，苦难与贫贱，我看得太多太多，我深切地知道——任何一个为生活奔波的人都是相似的。

在寒夜里卖馄饨的妇人，在公司搞卫生的保洁阿姨，她们跟我在酒店上夜班的母亲根本没有任何分别——情绪低落之余，见到这些人每每会眼泪盈眶，不过是"老吾老以及人之老"，故而"看到年迈人，想起萱堂"。

10岁那年，与一个出身贫寒的朋友去小店里选歌碟，她在一张李玟的盗版CD和一张谢霆锋的盗版CD之间犹豫不决，而站在一旁等待的我早已极不耐烦，连连质问："不就5块钱吗？

你都选了一个小时。"

如今 20 年过去了，我明白，没错，不就 5 块钱的事吗？可是——就是有人缺少这 5 块钱——于是为了这区区 5 块钱，她赔进去不知道多少时间和精力，非常不划算。可惜，毫无办法。

我热爱与人为友，又总怕他人对我期望过高。于是，我有蠢方法，我总是坦坦荡荡地自我嘲弄，然后等他人慢慢地挖掘出我内在可能存在的那么一丁点好。

我很庸俗，我一点儿也不文艺。我总是这么对人说。

这是事实。"文艺"的种子不应该存在于我这样的人身上，我甚至不是"小市民"，我是"小县民"，没有"经济"来支援我的"文艺"。

我接触过身高不到一米五的女同事，她心怀鬼胎地勾引一个无能的男人，珠胎暗结。那男人为了孩子只能娶她，但在大街上从来不跟她并排走，怕丢面子，虽然他是基本靠老婆养的。即便如此，女同事还是一脸自豪地奉劝我：你应该结婚，看，结婚多好。

我接触过经济困窘、半夜三更吵架的夫妻，吵到整栋楼的人都睡不着，看热闹的人骂骂咧咧，吵架的人你死我活，中间夹杂着孩子的哭声。我一点都不相信，这种家庭出身的孩子会有值得回味的童年。

所以，我怎会理解"旅行是要去观察不同的人"这句话？世界上有多少个不同的人？

为了生活劳苦奔波的人，根本长着一副相似的面孔，他们有着相同的行为与模式——在超市、在商场、在繁华的饭店，到处看得到，心却揪在同一点："这多少钱？"表现温温吞吞，心不在焉，磨磨蹭蹭，毫不爽快，一如我 10 岁那年买张盗版碟的那位朋友。

别问我为什么这么了解这些人的心情以及行动、表现，因为我也是其中一员。

因为懂得，所以慈悲。

我很乐意在饭桌上看到我母亲四处炫耀我给她买的新项链，这种行为很庸俗。是的，它是很庸俗，但是——它是庸俗生活中的一点点甜，如果连这都没有，人生该是多么凄凉。

经济决定了人类的选择、思维、行为表现，以及阶层，有钱真是一件相当相当好的事。

我不缺富裕的朋友，我也有很多纯真的"白富美"朋友，我并不想阴暗地祈祷她们越过越坏，比我还坏。但是，我也不能保证我与她们会保持长久的友谊，也许只是"淡淡交会过，各自奔前程"。

曾有一位富有朋友问我："很多人找我借钱，你呢？"我说："现在我还不需要，但是，我留着你，总希望你是对我有点用处的。"

这就是我的朋友观，真的不是白璧无瑕的。

我没有告诉她的是——其实我这么荒芜的人生，我唯一的理想也只是，有人愿意留着我，希望我以后对他们也是有些用处的。

别为了所谓的"女权"搞得自己神经兮兮

我知道这篇文章一出来一定会被讥讽——啊，何日君，看不出原来你竟然是这样的"直男癌"。

某位女运动员的事简直令人尴尬，她是这届奥运呈现的一个不太和谐的亮点。

有人跑出来痛斥她的父母和家人跟资本家一样剥削这姑娘，饭都不让吃饱，不然怎么会又黑又瘦，而她创造的所有价值都要给她哥哥。

大家定位这位运动员如同《欢乐颂》里的樊胜美一样，不胜愤怒。然而，人家自己根本不这么认为，她的家庭也就是普通家庭，为了她练体操，家里人也曾努力共渡难关，如此而已。她的家人显然没有像网友们一样上纲上线，反而应该对不相干的网友的激烈反应感到非常的莫名其妙。

这种稍微逮着一个事，不调查真相，也不跟自己相关，就开始"女权""独立"的"透过事物表象看本质"的行为说明：姑娘们，你们真的活得太紧张了。

　　我常被人骂，但最莫名其妙地"被骂"，是有一回我在微博上"花痴"戏里的一个男主："嘤嘤嘤，好帅，好想嫁给他啊，我人生的唯一理想啊！"

　　接着，有人就给我留言："呵呵，男人就这么重要？唯一理想，呵呵，傻子。"这是比较暴躁型的。

　　后来，又有人给我留言了，是比较理智型的："男人永远不能是女人的理想，这种思维，呵呵。"

　　真是超无语好吗？我就看个戏，幻想下，根本没打算去探讨人生哲学、两性关系、男女平等、女性出路，好吗？

　　你们真是太紧张了，relax。

　　我见过活得很漂亮的全职太太，把家里打理得很好，有很多时间陪着孩子成长，分担老公的压力，起码到目前这一刻为止，我们熟悉她的人，包括她自己，对她的人生是满意的。

　　但总有人会冲过来说：呵呵，你为了个男人不工作，等着吧，以后总有你后悔的那天——必然悔之不及。

　　我也见过面对有钱人下不了嘴，最后还是嫁了清贫男生的姑娘。当然，你们看不上她目前的幸福——不着急，等生了孩子需要用钱的时候就知道惨啦。

　　我的朋友里也有一个姑娘家境清贫，父母能力有限，兄弟姐妹很多，她大姐毕业后就承担起了家庭重担，照顾底下的弟弟妹妹。

　　大姐婚后，轮到我朋友照顾。

　　我也曾好奇地问她："你不觉得这种付出是压榨你的资源

吗？"她平淡地说："那要看怎么定义'资源'。对有的人来说，钱才是资源；对有的人来说，情感才是。"

我不知道这类姑娘对"女性权利"的理解到底到了哪个层面，我也说不过你们，你们都有波伏娃等护法"护身"，一上来就是一大串理论和专业知识，能吓死人。

我没扎实地研究过"女权"，我只从真实的生活里体会到"松弛"的乐趣以及"多元化"选择。

这种"松弛"是对人和事的一种随遇而安的态度。此刻抓在手上的幸福才是闪闪发亮的，未来的事，自有安排；此刻的人，去担心 10 年后生活的报复，这种忧心真的很愚蠢啊。

"每一个全职太太，10 年、20 年后，最后都会被抛弃吗？"

"概率很大，男人是信不过的。"

好的，她们即使 10 年后、20 年后被抛弃，是真的所谓浪费了这么多年时间吗？陪孩子成长，照顾好一个家庭，这些没有意义吗？那为什么很多女强人黯然神伤，在孩子需要她的时候没时间陪，所以成了人生最大的遗憾？

人生本来就是一把双刃剑。

"看看，就是老公和孩子捆绑了女人一辈子！这样的女人没有自我！"

那，究竟女人的真实自我到底是什么？你们想过没有？对社会做出杰出贡献，青史留名？

真实的女性自我，其实真的很简单，就是这种"松弛"：我按照自己的意愿挑选自己的人生方式，而不是所谓的"伪女权主义者"，强制性地将所谓绝对"平等""公平"加在我们头上的——稍有人生经历的人都知道，这种绝对的"公平"根本不存在。

事业让我有成就感，我全神贯注做事业。我爱一个男人，会心甘情愿去付出。

我享受一个人照顾全家人的成就感，OK，我 hold 住。这些到底有什么问题？

开头说的女运动员，跟《欢乐颂》里的樊胜美根本不一样，樊胜美的可怜在于，她跟家人的相处方式不是她自愿的——她不享受这种松弛，OK？

人生真的很短暂，如果能松弛、平和地过完这一生，已经是我们的运气。

我看到某个很红的"10W+"阅读的公众号发了一篇文《与其跟你谈恋爱，不如我自己努力挣钱》，底下的几千条留言都是赞美它的，看得我一脸黑线。

恋爱与挣钱，必须二选一吗？这是什么逻辑？

好的，就是"紧张"的逻辑——因为跟你恋爱，可能让我全情投入去爱你，耽误我挣钱的工夫，浪费了我的资源。

现在的人张口闭口"资源""资源"的，我不很懂波伏娃，但是，她的本意至少应该不是教你们如此淡漠地对待情感，把一切东西都等价折算成现金。

我爱你，可是我无法告诉你这件事情

我说的是谁呢？对了，说的是你妈！当然，你也可以认为我在说我妈。在中国，至少有 80% 的妈妈都是如此。

朋友又跟她妈怄气了。她 35 岁了还不结婚，她妈逼得她都要咬舌自尽了，于是她泪汪汪地说："你非得逼到我结婚再离婚吗？"她妈答得飞快："你以为你现在跟离婚了有什么分别？你都快绝经了，你还挑什么？"

"看，这就是我妈，太寒心了。她一辈子都是这样，以打击我为乐。"

"消消气，消消气。我妈也这样。"

有很长一段时间，我常常用这话来安慰我的女友们："是，我妈也这样。"

到现在为止，我都无法接受人家夸我长得美，为什么呢？因为我从生下来听得懂人话的那一刻开始，我妈就天天跟我说："你长得真是丑，全国第二，就比你爸稍微好看一点。"

上学时，有一回学校有表演舞会，我就去跟我妈说："妈妈，我今天要表演节目了。"

等到演出结束，我妈说："我还以为你会表演一个单独的节目，结果你只参加了全班都有份的大合唱，而且你还站在最后一排，我眼睛都找瞎了，找了好久才把你找到。"

这事我妈肯定不记得了，因为在我 30 年的人生里，她说这种话的次数太多了。

高考的时候，我隔壁有几个成绩考得好的，我妈忧心忡忡地跟我说："完了，我估计等你考完，我们全家得搬家了，没脸在这条街上待下去了。"

后来我不喜欢做会计，想写书。我妈说："你这样的，写什么书啊？"我表示一定要写，我妈说："写吧写吧，我看你就算写到 70 岁也不可能出版，根本没人看你写的东西。"

等我 30 岁出了第一本书，满以为可以争口气，她的句式已经改成了："你什么时候才能红啊？我活着的时候，能看到你红的那一天吗？"

经过 30 年的拉锯战，我终于发现了一个真理：妈妈永远能翻出花样打击你，全方位打击你——相貌，学业，事业，婚姻，生育，找老公的水平，甚至穿衣风格。

你生气，你愤怒，然而，这并没有什么用，你不可能跟她脱离母女关系。

上文我那位被她老娘咒骂绝经的女友，吃完晚饭，此刻又安安稳稳坐在她的床上玩 iPad 追剧、打游戏。她妈收拾完碗筷，把水果切成片，插上牙签，递到她嘴边。

你知道她爱你，她只是无法用你期待的方式去告诉你这件事情。

二十世纪五六十年代这一辈的很多母亲，出生于最艰苦的年月，她们的原生家庭里孩子多，日子苦，贫贱中必然夹杂粗糙，父母吵闹是常态，缺吃少穿很正常，于是——

我们的母亲勤勉、节省、粗糙、暴躁，为生存，不得不勤勉、节俭成癖，又因为不甘心，总觉得自己牺牲太多，怨气深，毕竟人的本性是好逸恶劳的。因其自身吃苦太多，难免擅长用"挑剔"来表达爱——

你现在比我小时候幸福多了，为什么你还如此不争气？（学习成绩不好等）

为什么我能忍受的，你不能忍？（跟一个男人走进婚姻，婆婆难相处等）

你不缺吃不缺穿，为什么还落后别人一大截？（大龄不婚，丢了她脸面等）

辛苦养大你，为什么一点回报都没有？（你不成家，我的晚年怎么办等）

时代的大河滚滚长流，你还没开始呼吸，就已经喘不过气了。时代造就了代沟最大的两代人，很不幸，这个特殊的时代被我们碰上了。

于是——你说的，你讲的，你分辨的，你选择的，都是她所不理解的。

曾经在一次聚会中谈起各自的母亲，十个人中十个表示不满意——那不是我想要的母亲。所有人都希望自己的母亲理性、温柔、有力量。可是，那个比例极少，99% 的母亲都不会让孩子满意，就如同 99% 的孩子也不会让母亲满意一样。

我那位女友 35 岁了，其实也到了为人母的年纪，总结下与母亲的相处，大可不必如此气急败坏。人在时代巨浪中翻滚，妈妈也是普通女人，她不比谁更伟大。

张爱玲说，因为懂得，所以慈悲。这话实实在在已经被用烂了，然而，放在我们母亲的身上再合适不过了。

我妈如今依然喋喋不休，说是哪怕我发财了，过了 35 岁也找不到男人了——肯定找不到，做后妈都轮不到我，毕竟那么多女人排着队等着当后妈。

我每次都跟她说："不会的，不会的，我 34 岁那年一定会生一对龙凤胎的。"于是，她放心了，说："那就好了，你有这打算那就好了。"

你先照顾好你自己再说

朋友说她给我做了盒月饼，中秋来广州看戏时带给我。

月饼是她自己做的，自己买原料，印花，装盒子，就连图上的红色印章都是自己设计。

我说："你真厉害，这你也能自己做？"

她不以为然："这没什么，很简单，只要你想做，你也可以学，我家人都会弄。"

是的，我吃过她姑妈自己做的面包。那是我在三十多年的人生中吃过的最好吃的面包，导致我之后见到她总是说："你姑妈最近又做面包了吗？我要！"

我始终没有试着去做一次月饼，或者做一次面包，当然，我总是可以去试试，但我也是现在才开始这样想。

我有个很省的女友，她在吉林，33岁，不打算结婚，一个月工资只有三千多块，自己供了间很小的公寓，养了一只小猫，每天以逗猫为乐。有天她跟我说："这个月才发工资，已经全部花完了。"

我奇怪极了，她一直那么省。

她说："是呀，但是这个月必须买一张1500块的书桌，计划很久了，要重新开始练书法了。小时候练过，丢了很多年了。"

"工资三千元还这么诗情画意，又是养猫，又是练书法！"

其实，说起猫，我原本也可以养一只。

那是几年前，有一只白猫悄悄地溜到我租的房子里，立在我的饭桌上喵喵地叫，抖擞着一身白毛，威风凛凛。我气急败坏拎起晒衣架就扑过去打它，它边叫边从窗户逃跑了。

第二天我回家，发现它把我桌上的茶杯打碎了，这家伙竟然知道小心翼翼地把大块玻璃碴踢到厨房的垃圾桶附近。当然，我又拿着晒衣架满屋子对它围追堵截，最后彻底把它吓跑了。

后来我跟朋友说，我遇见了这世界上最聪明的一只猫。她说你怎么不收养它，那肯定是只野猫。我说："天哪，我连房子都没有，我自己都是只野猫啊！"

时过境迁，现在我还是没有自己的房子，但是如果还能遇到一只这么聪明的猫，我应该会养着它。

曾经跟朋友走在夜晚的广州马路上，我说："看这些房子，很多人终其一生就为了这个东西咬牙奋斗，不值得。"

她跟我说："值得！你站在这片暗黑里，看着那小小的匣子般的光明，就有油然而生的幸福感和归属感——我们不过是普通人而已。"

普通男人的一束花，自己炒的一盘菜，节日里做的一份小点心，小公寓的一张书桌，阳台上的一盆小花，桌子上立着的一只小猫，以及重重黑暗里一间小屋的微弱灯光……

所有这些微弱的东西，都是普通人幸福的来源。保持上帝视角的人，习惯了冷眼旁观，不肯与生活和解——你以为你很聪明，其实你很笨！

距离我在天涯写文已经10年了，很多人也看着我写了10年了，有很多人对我包容，也有很多人掩饰不住失望："何日君，你变得对生活谄媚了，想当年你有支多么锋利的笔，写尽人间辛辣事。"我不知道我是不是对生活谄媚了，我只知道，近几年来，生活教会了我太多。

我跟你们讲一件令我震惊的小事：我去楼下买榴莲，忘记带现金，于是我跟 50 多岁的阿叔说，用微信转账好不好。接着，我看到阿叔的微信签名是：我要努力做生意，我要一天比一天过得好，奋斗，加油！

这让我想起我的高中班主任，他教英文，算普通人里的帅哥。只不过他家庭贫寒，没有读过多少书，没有文凭，能当高中英语老师是因为有一口自学的流利英语。

在我读高中的时候，他是跟我如今差不多的年纪，有个 5 岁多的儿子。他每天围绕着操场跑 5 圈，每天在办公室背 30 个英语单词，每周打一次篮球。

他上课的时候对我们说得最多的一句话是："做人，永远都要对自己有要求，以及看得到自己的长处。"

转眼十几年过去，我也到了他当年的年纪，才明白他这句话的意思。

少年时代，我觉得我身边没有一个优秀的人。风花雪月的年纪，我认定的优秀是锦衣玉食，一种天然的高贵尽显在眉梢眼角——这样的人才器宇不凡。

如今，这个判断标准早就变得宽阔多了。

我曾嘲笑过一本书。

这本书讲了一个发生在长沙市黄兴路步行街的爱情故事，我讥笑道："倘若这故事发生在巴黎，还是可以看看，一条以卖臭豆腐闻名的街也会有爱情发生？"

直到有一天，我心爱的男生凌晨带着我在黄兴路步行街飞奔，去赶最后的夜车回家。那一刻，我确信这条街也会有爱情发生——不是只有衣着华贵的人或者巴黎才有爱情。

我至今还记得那天街上昏黄的灯光，跟某首歌里唱的一模一样——

"还记得街灯照出一脸黄，

还燃亮那份微温的便当，

剪影的你轮廓太好看，

凝住眼泪才敢细看……"

这时，才看懂周星驰的《喜剧之王》："我养你啊！""傻瓜，你先养好你自己吧！"

想起来好笑，当年还是小姑娘的时候，第一次看这戏，真不知道张柏芝为什么会在出租车上那样哭——她那么美，哭得那样丑，真是难看！

现在每看到这一幕，我都会跟着哭得像条狗。到底是那个最会拍生活与爱情电影的周星驰，只不过在我看来，他不是天才，他只是懂生活与爱情而已。

生活调戏我，我调戏生活。生活赞美我，我赞美生活。

生活不是每时每刻都好的，有时候它让人焦虑不安，让人愤慨、无奈，就像老天爷给你许下的那个人一样，他在你的想象里总该光芒万丈，结果是个跑龙套的……然而，你不会因此就不再爱他（她）了。

走在通往 32 岁的旅途上，世界上能逗我开心的事大概比从前要多得多了——这何尝不是一种运气。

老徐，老徐

老徐算是我的第一个正儿八经的老板，也是和我吵架吵得最凶的一个老板。

当年我刚毕业，几家公司都因为没有工作经验而婉拒了我，只有老徐在他暗沉沉的办公室里抽着烟、跷着腿打量了我半天之后，瓮声瓮气地问："你是大学毕业的？"

我说是。他让我把毕业证拿出来给他看看，他左看右看，横看竖看，最后敲了下办公桌："那你明天就来上班。"

我跟所有刚毕业的新人一样，诚惶诚恐地去上班了。

老徐的公司是一家做添加剂的小公司，地方偏僻，包括车间不过 30 来个人，而且职工学历都不高，财务也没用专门的做账软件，用 Excel 做流水账，记下收入支出之类——即使我的专业是半桶水，却从未怀疑过我做不好这份工作。

直到有一天，我被他叫进办公室骂了个狗血喷头。

"你怎么算收入的？你表上填 9 万多，我银行卡里只收了 4 万多，我刚刚查过了的。"他一脸铁青。

"我……"跟刚毕业的所有新人一样，在他的气势压迫下，我难免结结巴巴，吞吞吐吐。

他看我这副模样，更是气焰嚣张，冷笑着说："还大学生？还正儿八经财务专业毕业的？丢死人了，连我这个小学都没念完的人都不如！你今天要解释不了这个账是怎么处理的，你现在就给我卷铺盖滚蛋——马上给你结工资！"

我气到肺都差点爆炸，长这么大，还没被谁这么对待过。

我把报表抢过来，冷声说："现在就结吧！徐总有水平，收到口袋里、银行卡里的钱就是收入，人家赊购的就不算了？看样子中国的财务核算制度都要由徐总来改，国家财务部制定的不算，我当不了您这个会计，您另请高明。"

当时我正在考会计证，随时带着会计书，于是把书翻到"收入"那一页，往他桌上一扔，态度有些不屑。

他把书接过去，手一挥，暗示我先出去，说下班的时候会把书还给我，但终不再提辞退我的事。

这之后，没几天，我俩再次杠上了。

他疑心买菜的阿姨从中扣了钱，跑到出纳处追问报销流程。出纳说："低于两百块钱的单子，我签过字就付了。"

他冲着我就吼："谁给你权利批款的？"

经过上次的事情，我已经够从容，答得慢条斯理："徐总说的啊，我还保留着 QQ 聊天记录呢，要不要看看？"

他一张脸涨得通红："有发票吗？"

"徐总，你亲自去买菜试试看，买一斤排骨，看人家给不给你发票？"我自己都听到自己的冷笑声。

他被我呛到，犹自怨愤不平："从明天开始，你没有批钱的权限，所有的单据一概要我签字，不要以为你读过大学你就可以越权！"

"哦，知道了。"

这世界上有一种人，你对他连愤怒都不会有，只有轻视，一如我对老徐。

我时刻觉得他会把我辞退，可是他没有。心情好的时候，他会兴高采烈地到办公室来赤裸裸地炫耀，当然，主要是针对我："你看你读了这么多年书，还不是给我这种没读过书的人打工！"

接着，他继续说他说了几百遍的话题：感慨他13岁的时候背包一背，身无分文南下广州，一个人在异地打拼，吃尽苦头，受尽白眼，今日终于苦尽甘来，当起了老板。

没有谁会搭理他。当然，若是有人不小心迎上他的目光，会勉强装出一点兴趣，敷衍两三句。

中午吃饭时，我们都用瓷碗，唯独老徐一人用铁腕，车间同事跟他开玩笑："徐总端了个铁饭碗，摔不破！"

他把碗放下，格外深沉："这世界上没什么铁饭碗，一切都要奋斗！不奋斗的人都要被社会淘汰，跟你们一样，给人打工！"

一番话说得一屋子的人脸都一阵白一阵青，我忽然"扑哧"一声笑出了声。

老徐不乐意了："你笑什么笑，你别以为你读了大学就了不起，还不是一样给我打工！"

公司偏远，老徐租了一所大房子当宿舍。

周末，一位失业的朋友来看我，晚上在我这里过夜。

宿舍隔音效果不好，夜半睡得迷迷糊糊之际，只听老徐喝得醉醺醺地进了客厅，大声嚷嚷要搞这个女人搞那个女人。

月色清冷，朋友坐起身，一脸暗淡地轻声问："为什么我们读了那么多年书，要给这种流氓打工？要靠他们才能勉强填饱肚子？"

老徐爱喝酒，喝酒后就把所有员工都当床上的女人看待，并信誓旦旦地跟每个人保证：下星期就给你涨多少工资。

半年不到的时间里，他醉酒后对我许诺要涨工资的次数，多达 5 次。当然，这些承诺他一次也没有兑现过，就跟男人猴急着要跟你睡觉的时候山盟海誓一样，酒醒了，裤子一穿，之前的话早已忘个精光。

其实，我是很有理由让他涨工资的，因为我不仅帮他的公司记账，还要帮他本人赖账。

在这偏远地段，有一所三流大学，他在里面包养了个在读女大学生，遇上他醉酒或者高兴的时候，便会在全公司面前表达感想："读大学的人跟一般人到底不一样。"

的确不一样，一般女人只知道揪着男人要钱，这个女人却总是打电话到财务部来要钱。

出纳唯唯诺诺惯了，生怕承担责任，什么事儿都往我头上推，电话一打进来，她马上转线到我这边——接过电话，那头是个清脆的女声："我找你们徐总！"

"他不在，你打他手机。"老徐在一边朝我直摆手。

"你们别唬我，我知道他就在公司，你转告他，他不给钱，我就告到他老婆那里去！"

"……"

"啪！"对方挂了电话。

"徐总，她说你再不给钱，她要告诉你老婆去。"我如实转告他，用的是做好自己分内事的平淡态度——在一个滑稽的地方待久了，什么都看淡了。

"呸，得寸进尺！"老徐把烟蒂一扔，恶狠狠踩上两脚泄愤。

后来，老徐的老婆真的扑过来捉奸，是出乎意料之外却又在情理之中的。

他老婆劲儿不是一般大，刚进办公室，就操起书桌上的烟灰缸把墙上那块不知道哪个知名书法家题写的"知足天地宽，贪得宇宙隘"的匾给打歪了，挂在墙上直晃。

老徐在众目睽睽下也挂不住脸，扑过去两人厮打成一团。他老婆边掐他边放声号啕大哭，他边揪他老婆头发边骂骂咧咧，而门外、窗户边全围满了人。

最后，老徐和他老婆都被送到医院去了。

这场恶战结束后的那顿中饭，大家吃得特别压抑，一屋子人也没人开口说话，还是做饭阿姨起了头："你们徐总命也不好，父母死得早，没读什么书，小小年纪就出门打拼；唯一的儿子落水淹死了，夫妻感情又不和谐。人啊，有了钱也不如意呢，做人，这一辈子是难如意了。"

毕业后第一个春节假期结束的时候，我跟老徐提了辞职——我不想多费口舌，借故说我要离开广州，回老家。

老徐沉吟半晌："那好，待会儿我就让小洪把工资结算给你，你把你手头工作安排下，重点资料都交接给我。你这个脾气要改下，人要灵活一点，不要不高兴就挂在脸上——这种性格以后要吃亏的。"

"嗯，徐总，我知道了。"我低声回答，只盯着自己的脚尖看。

"人之将死，其言也善。"辞职的时候，我们俩终于正常对了一次话，我不当他是地痞流氓，他不当我是不中用的大学生。

一晃这么多年过去了，如今我都已经毕业七八年了，但还是跟老徐当年挖苦的那样，照样给人打着一份没出息的工。

不知道老徐的境况又如何呢？生活毕竟是不容易的。

第三辑：喜欢是多么廉价的一种情感

喜欢究竟是高贵的还是廉价的

《红楼梦》里，让我印象深刻的一个地方是：贾政打宝玉，王夫人不让打，大意是说：老爷，假如我那珠儿还活着，打死一百个宝玉我都不管，现在我只有这一个儿子了。

《红楼梦》写得真是好，因为这种镜头经常性地在人世间回放。

很多父母其实根本看不上他们的孩子——读书不好，工作不行，娶老婆、嫁人的眼力不行，然而这不行那不行，都是自己的孩子，还能怎样？很多孩子也看不上父母，对他们厌烦透顶，只是因为血脉强行将两者拉扯在一起罢了。

在我生活的小城市，天天可以见到女人拎着扫帚追着老公骂："没出息的，找了你，是我瞎了眼。"喋喋不休、永无止境地抱怨和不堪。然而，她还是跟着他有一搭没一搭地过——漫长的一生，这么过去了，也就变得很短暂了。

有人说，喜欢这种情感很珍贵。

不一定。

"喜欢"这种感情，有时候其实很廉价。

喜欢可能只是因为血缘关系，比如王夫人对宝玉。

喜欢可能只是因为习惯和熟悉，自己并没有什么出路。像上面举例的夫妻，再不堪的生活，也得继续，偶有改善，也会发自真心流露出一副喜欢对方的样子。

喜欢甚至可以只是因为你讨厌他，我也讨厌他，我们可以凑在一起说他的坏话。

"喜欢"这种感情的门槛很低，然而很多人并没有发现。

中国女性择偶，有一条很关键：你可以钱少，没什么能力，但是要对我好，喜欢我。

这样的择偶标准最后导致的结局很可能是，过了几年，钱依然没有，而当年的"对我好"也不见了，然后变成上面举例的女人骂男人不出息，男人对女人一肚子气。

不要选择对你好的男人，"喜欢你"和"对你好"是会变的，而且在诸多条件中，"喜欢你"反而是最容易做到的——男女热恋的时候，男人喜欢你、宠你，与其说是他的虚伪，不如说是他的本能：那个阶段，他怎么看你都是可爱的。

反而，如果你的择偶标准是有钱、有能力、努力勤奋向上的品格、素质方面的要求，很多人反而做不到。

"喜欢"这种东西之所以廉价，第一，门槛低；第二，变化无端，当年的喜欢可以变作日后的恶心、厌恶。

几年前，我们公司一男同事离婚，老婆吵到公司来——为了一个烧热水的电水壶归谁。

一个几十块的电水壶本身不值得人大打出手，之所以如此，不过是觉得对方太恶心，我宁愿把东西给扔了，也不会给你！

什么是人与人之间最高贵的情感？不是"喜欢"，而是"彼此欣赏"！

超越血缘，摆脱依附，不被习惯束缚，那种以成人的目光彼此打量对方、认识对方，从对方身上延伸出整个世界的广度，走出更大的人生格局，并肩成长的力量，这才是人与人之间最高贵的情感。

跟喜欢相比，欣赏更理性、更智慧，对双方彼此的要求更高，相对不易发生变化。很难想象，两个因为欣赏而走到一起的伴侣，日后离婚时会为了一个热水壶搞到鸡飞狗跳的程度。

男女之情，两种结局都不算糟糕，恩爱白头如钱锺书与杨绛自然是好的，然而，"解怨释结，更莫相憎，一别两宽，各生欢喜"，又何尝不是人间佳话？而这两者，我想更多是由欣赏产生的。

世上多的是闹得难看不堪的局面，谁又能说当年人家不互相喜欢呢？若是想发展一段关系，最好选一个能与你彼此欣赏的人。相信我，这是超越门当户对，超越对我好，甚至超越有钱的选择！

要知道，对我这样一个爱财如命的人来说，得出这个结论可并不容易。

那年我爱过的东京女孩

早些年，我觉得《东京爱情故事》是个很悲伤的爱情故事，如此而已。

年岁渐长，当我丢掉少女瑰丽的梦想之后，终于懂得为什么大家都说这部电视剧是最伟大的日剧了，因为它说的不是爱情，而是人生。

我曾经一直想不明白，为什么完治不爱莉香，并为这个感到很悲伤。但是，等我回头再看的时候，我赫然发现，完治是爱莉香的，就像漫画本里面完治有句心里独白："如果你在东京街头，遇到一个眼睛微笑得像月牙一样的女孩，那是我爱过的女孩，她的名字叫作赤名莉香。"

然而，此时的我却感觉更加悲伤。我悲伤的是，我开始理解完治，开始理解里美，甚至开始理解三上，却唯独不能理解莉香——

为什么可以那么毫无保留地勇敢地爱一个人？为什么明知无望却一次次地给完治机会，希望他能保护自己？为什么能够忍受自己永远都是等待的绝望姿势？为什么能够心里那么孤独、难受，却跳到他面前微笑着叫"丸子、丸子"？

为什么？

这些我都不明白，尤其是成年之后，站在这个真实的世界中，我更加不明白。

相反，完治才是真真切切的我们每一位的化身啊！他怎么会不爱莉香呢？永远微笑着叫着"丸子"的莉香，永远能干、出色的莉香，如此深情地待他的莉香，即便再不会爱人的人，都无法不动容吧？

只是，他腼腆、淳朴而胆怯的内心里，又是如此地怕莉香。永尾完治，乡下出来的腼腆少年，对东京这个偌大的城市既充满了小心翼翼的期盼，又充满了漂泊的不安定感。

在某种意义上，莉香就隐喻着东京这座城市，充满了活力、改变的勇气，是完治想接近内心却又怯懦到止步不前的城市。

而里美，便是他熟悉的小镇一样的味道，他熟悉她的慌张，也熟悉她的温婉，也知道自己可能被她需要——他在里美的世界里是主动的，是有安全感的。

里美的世界没有莉香那么大的不可知的变化，里美的世界是他可以把握，可以自由驾驭的。

永尾完治，他有什么错？他只是不够勇敢而已。他只是没有选择爱情，而选择了安全感。

安全感才是一个人在这个世界上安身立命的根本，就像完治选择了里美，里美也放弃了三上一样——他们都为了安全感放弃了爱情，也像现实生活中的你和我一般：我们许多许多的人，都在现实的安全感与理想的爱情这二选一的选择题中选择了前者。

我们喜欢莉香，更欣赏莉香。可是，我们很多人还是选择做了完治，不是么？《东京爱情故事》之所以经典，不只是永远微笑的莉香，最根本的是它对人生的解读——"它赞扬了爱的勇敢，也理解了爱的怯懦。"

爱的竞争力

重温电视剧《我们无处安放的青春》，忽然想起很久前看过一个天涯旧帖。帖子讲了一个漂亮姑娘 7 年的爱情被一个姿色平平、默默爱了她男友多年的"小三"夺走的故事。

跟大多数漂亮姑娘一样，帖子的女主人公多年来习惯了被男友照顾的模式，依赖对方，爱耍小姐脾气，不独立。

而"小三"则很努力，工作有成绩，照顾他，体贴他，努力去争取她该得到的东西，最后她得逞了，顺顺利利地把人家的男朋友变成了自己的。

这个帖子让我确信，成长的确是很悲惨的事情，主要表现在——事物的真实面目与我们的一贯认知有很大的反差。

我们认定了"真心的爱人是抢不走的，被抢走的都是渣男"，可是，从反面论证，人都有一种逃避伤痛的本能，若渣男果真一无是处，是不会引发姑娘如此巨大的怀念以及怨愤的。

这种怨愤与不舍只能证明，这个男人具备很多缺点的同时具备更多优点。这在姑娘的文字中也体现出来，他甚至体贴到在她生理期时帮她买卫生巾。那么，这个不算渣的爱人为什么能被抢走？

其实，答案很简单，仅仅只是因为"爱情"这个词汇本身是抽象的，但是形成并长时期维持"爱情"的因子是具体的，这个因子就叫作"爱的竞争力"——

它包含了许多成分，比如容貌、气质、经济、工作、家境、能力、发展前景、性格以及眼缘（即亲切感，说得更通俗一些，用心理学解释便是，跟对方的异性父母亲有相似之处）等。

这些成分里面的每一样，都是可比较、可衡量的，并不是传说中简单的"感觉至上"。

帖子里的女主角长得漂亮，七八年前，男主人公正年少，对"爱"最直观的欣赏来自女人的容貌，所以，他没有选姿色平常的"小三"而选了她。

七八年后，随着对生活的理解，他意识到他需要的女人不只是漂亮而已，"小三"的价值便被他捕捉到了。于是，他哪怕顶着"负心人"的骂名也要去追寻现在对他"有用的"女人。

帖子里男主人公的逻辑，与《我们无处安放的青春》里李然的逻辑如出一辙。

读《我们无处安放的青春》，最初觉得李然真是个混蛋。一读再读，忽然意识到："如果我是李然，大概我也会和他一样——选择杜晓彬。"

总有文艺作品讲述这样的桥段：男孩和女孩相爱，虽然贫穷，但是互相深爱。后来，另一个出色、优秀、富裕的男二号出现了，女孩开始在男孩和男二号之间选择。

不，确切地说，她选择的是她以后到底应该过什么样的生活，达到什么样的层次——如果她选择了男二号，如今的我们早已经能够理解，毕竟选择恋人这种事，在某种程度上意味着选择生活本身。

那为什么到李然身上来，大家都不原谅了，都痛恨得咬牙切齿呢？李然也是一个正常人而已，一个正常人就有一种逃避疼痛的本能，一个正常人就有享受安逸生活的渴望，一个正常人就会选择轻松、舒适的生活态度。

我们对周蒙的印象是怎样的呢？像露水一样清纯的周蒙，每个情窦初开的男人都会爱上她，渴望呵护她。所以，李然深深地爱着她，宠着她，像任何一个男生宠着自己的公主一样。

但是，深入分析，周蒙是怎样的女生呢？不懂人情世故，当老师也用不符合实际情况的教育方式，不能跟这个社会和谐沟通，甚至她的爱情都不成熟——她理解李然吗？她照顾过李然的情绪吗？她懂得他的苦恼吗？

从本质上来说，周蒙还是个孩子，她在用最天真无邪又最不中用的方式爱李然，站在阳光下穿着白色棉袄撒娇叫"李然小爸爸"。

可是，杜晓彬呢？

在去西藏的途中，在李然最困惑和孤独的时候，杜晓彬以最实际的慰藉打动了李然，所以他即使已经答应周蒙再也不离开，但听到杜晓彬怀孕的消息后，还是满脸泪水地回到了后者的怀抱。

别说那纯粹只是他的责任感，更可能的是，在生活的另一面，他真实地爱着杜晓彬，就像他爱着周蒙一样。

在琐碎又悠长的岁月里，在艰苦卓绝的生活里，你是李然，你只是个人，你也有脆弱无望的时候，你也需要母性的温暖和慰藉，你也需要一个强悍的灵魂伴侣同你一起走过漫漫人生路。

杜晓彬和周蒙，你选谁？这不是选择题，周蒙除非有特别的运气，否则，她在这份爱中没有竞争力。

有人说，书的结局太晦涩了，周蒙最后变了。我说，电视剧的结局才太可悲了，周蒙依然不敢真正地长大，依然在躲避。

"成长是很可怕，但是比成长更可怕的是，别人都成熟了，你还天真幼稚。"这句话不仅仅适用于周蒙，也可以说给天涯帖里的那个女生听，甚至可以说给所有的女孩子听。

爱情是不确定的，而爱的竞争力却是完完全全"可确定的"，多一点绝对没坏处。

人性的恐怖——"明白"即糊涂

读张恨水《金粉世家》一书，我头皮发麻，先前的印象还停留在电视剧上，而书与电视剧迥然不同：书非常恐怖——无论是冷清秋还是金燕西，都在情不自禁地滑向他们的"命运"。

在燕西打着诗社的幌子追求清秋的时候，清秋早于她母亲和舅舅发现了燕西的企图，他所有不经意的殷勤都是有意的，是冲着她来的。而且清秋心里多少明白"齐大非偶"——金燕西不是适合她的人，只是这种"明白"毫无意义。

书中，燕西送了几匹上好的料子到了冷家，冷氏母女都知道不该收人贵重礼物。冷太太纠结，说不然只留下绯红的这匹。清秋一直想要一件相同的衣服，又觉得这湖绿也不错，于是对母亲说不然就留这两样吧。

冷太太又说，她也想给自己做一身呢。结果大家都猜到了，无非是这样：多谢金少爷，这些布匹，我们收下了。

贫穷却对生活又有些期许的人，想必都明白冷氏母女的这种心境：收了这绸缎，有了一就有了二；接下来，收了鞋子，收了戏票，坐了燕西的车子，吃了他请的酒席……这么下来，哪里还有什么"明白"？

若冷清秋纯粹是贪钱才上了金家老七的当，给人的感觉也许还舒适一些——贪财恶俗女又有什么可惜的，我们也可以借机跟她划开界限。

可惜，金燕西不是靠"砸钱"俘虏冷清秋的心，而是用了时间和心思的——虽然那只是因为，他有大把的时间和心思。

燕西看到清秋穿的鞋子破旧，便绞尽脑汁地去替她买了一双，中间的过程体体面面，而且迂回到不会让你感觉到我在同情你，才故意买给你——一切只是巧合罢了。

燕西送冷清秋一件昂贵礼物，会装作爱她的字，让她写些字跟他换——她得了好处，保持了体面，心里自然对燕西好感大增。

虚荣，当然是虚荣害了冷清秋，某种意义上，她就是被金家老七的钱打动了。但是，这样赤裸裸的事情会让她这清高、聪慧的人接受不了，而当"虚荣"伪装成"爱情"的样子，当"虚荣"有了神圣的幌子——一切都好办了。

魔鬼有最美丽的面孔，若一味凶神恶煞，看到它，谁不会逃得远远的？唯独倾国倾城，方能轻而易举地勾走我们的魂魄，还让我们恍然不觉。

是虚荣毁了冷清秋，然而，再给她一次选择的机会，她依然会走上这条路——小户人家的女儿，情窦初开的姑娘，她的竞争对手却是耀眼的爱情，虽然这所谓的爱情是由优雅的公子、温柔的情态、无所不能的权势共同组成的。

金燕西并不坏。从冷清秋的角度看，他后来可能变了，从最初的殷勤到冷淡到可有可无，但是在他自己的人生维度里，七爷从头到尾没有变过。

初见冷清秋，燕西瞬间失魂落魄，紧接着被金荣哄了回去。过了几日后，书中有这样的描写：

金荣笑道："七爷，你要找的那个人，给你找到了。"燕西道："我要找谁？"金荣笑道："七爷很挂心的一个人。"燕西道："我挂心的是谁？我越发不明白你这话了。"金荣道："七爷就全忘了吗？那天在海淀看到的那个。"燕西笑道："哦！我说你说的是谁，原来说的是她，你在哪里找到的？又是瞎说吧？"

很显然，若不是金荣提起，燕西也就顺其自然把那"惊艳"忘了。对于一个从来拥有太多的人，没什么东西是值得特别稀罕的，平日里不常见的东西，拿到手上把玩久了也会生腻，扔到一边去了。

这是纨绔子弟的常态，不值一说。真正令我恐惧的是，燕西曾有几次主动想过要"变"，但是没成功。

一次是他父亲去世，他烦恼得很——前途没了，学业未成，眼看着又要分家，自己也不知何去何从，于是让金荣给他找书房的钥匙，他要进去读书。

结果是，金荣找钥匙误了些时间，他等不及，出去鬼混了。

一次是分了家业，他捧戏子。戏子怂恿他拿钱，他开了箱子，拿出一叠票子，但忽然想到老爷子不在了，自己又没有收入，今日不同往日了，钱还得省着用。念头一转，手刚要抽出来，复又想，这钱不出，面子往哪儿摆？于是乎，抽了钱就往外走去。

跟清秋一样，某个瞬间，燕西也是"明白"的，可是这"明白"一点用处都没有。

金家后来潦倒了，白秀珠倒是富起来了。燕西指望白秀珠带他出国，低声下气了一些时日，最终还是闹翻了。换了一般人，或许会忍气吞声伺候下去，燕西的少爷脾气岂是说变就变的。

所以，即使重来一次，也不会发生任何改变：冷清秋没理由不嫁给那样的金燕西，金燕西没理由不逐渐对冷清秋生腻，也没理由去过节制的生活，最后留洋读书，富贵公子依然逃不过沦落为戏子的命运。

有人评论《金粉世家》里的冷清秋，深情即是一桩悲剧。其实，《金粉世家》的真正悲剧是：我逃不出这平地原野。

"越缺爱，越求爱，越无爱"的生活悖论

我从小发现这世界很奇怪，只是那时年幼，没有形成系统的认知。现在到了而立之年，我必须很严肃而悲切地阐述这一

观点：命运根本不是我们惯常设想的那样。

我家隔壁有个姑娘跟我一样，有个弟弟。她家重男轻女，父母每天出门办事前就给她一盒真知棒，说是弟弟哭的时候就拿糖去哄。有一天，她父母回来，发现糖少了五六颗，非说是她偷吃了，"啪"的一巴掌就甩过去了。

这个姑娘就在这种环境下长大。

然而，等她长大后，她比我这种从小娇生惯养的小孩孝顺、出息得多，但凡有一丁点儿钱就拼命往娘家拿，对弟弟跟对儿子一样，恨不得搂着他过一生一世，但是她娘家对此并不感激。

最初看到她这样，我真是百思不得其解，心想，这要是换了我，我要跟我父母断绝关系！然而，后来我发现在我的朋友中，出现这种事的概率真的超级高。

另一个女友，也从小不受家庭重视。她结婚后，深受婆婆厌恶，主要原因是，她把婆婆公公的钱弄出来给了娘家。她自己非常省吃俭用，跟我上街吃个 10 块钱一串的铁板鱿鱼也要让我请客，然而给弟弟、弟媳都买最新款的手机，每次回去都搞得很威武。

我私下问过她："你父母现在真的以你为傲吗？"

并没有。她妈妈还是把自己的手镯啥的给弟媳了，根本没她的份儿。

老赵是我朋友中唯一一个明白这道理的人，然而她也没法规避这种命运。

老赵对我讲过两件事：

一件事是：她很小的时候，她妈在切菜，她在旁边洗碗，因为不小心打碎了一个碗。她说她当时怕到浑身颤抖，觉得她妈会一刀割断她的脖子。

另一件事是：她妈给她一块钱到街上买盐，盐没买到，钱丢了。她在街上一直转到天黑才回家，回去就挨了一顿揍。

就是这样的老赵，现在是他们全家最孝顺的孩子，妹妹买房子，她掏钱；弟弟出国，她掏钱。

我的痛心处并不在她的行为，很多人这样做，仅仅是觉得自己孝顺，心里会好受很多。我的痛心处在，她心里非常明白整个事情的逻辑，却无法去改正。

她曾在醉酒后跟我说，她一直想用长大后的优秀来弥补童年时受到的冷遇和轻视，然而得到的是更多的冷遇和轻视。她勒令自己更优秀，最后却形成了恶性循环……

没有爱，寻找爱，爱一直不来。

一个女人，被一个男人抛弃算是运气问题，人生——谁不会间接性"瞎眼"？然而第一次、第二次、第三次……次次都遇渣男，这就不是运气、概率问题了。

前几天，跟一个很美好的姑娘聊天。真的，我觉得她特别美好，说话细声细气，性格也温顺，然而她一直被抛弃。

最后发现，在她的童年和少年时代，母亲的冷暴力让她一直惶惑而惊恐，所以每一段恋情她都会很当真，跟男人拼命索爱，最后无一例外地受伤害。

没有得到过充分的爱的人，一直会对这个目标鞠躬尽瘁死而后已，不到黄河心不死。贪恋太狂热，姿态便不美，而人若是不体面、太斤斤计较，便很难得到其他人发自内心的敬意。

遇到善良的人，可能只是被吓跑；遇到凶残点的人，便会被玩弄于股掌之间。别忘了，打人是会上瘾的，人在骨子里就贱得慌：你越爱我，没我你不能活；你越做低伏小，我越不领情。

前几天打的士，听到女司机哀哀戚戚给老公打电话："我每天上夜班，白天要做家务，带孩子，照顾公婆，我今天真是累得受不了，你明早能不能到楼下端个肠粉给我吃？"

啧啧啧，一听她的语气，还想吃肠粉，想得美！

随着我的人生经验的丰富，我发现一个生活悖论：爱的能量不是守恒的，爱并不是今年轮到你，明年就归我了——极大概率是，那些从小一直被爱的人依然会拥有很多爱，而那些从小缺失爱的人有可能会越发地缺失爱。

我有个朋友，一个非常 nice 的姑娘，曾经请我去她家做客。她老公赶着在厨房做菜，我俩在沙发上聊天。然后，老公在厨房叫她给拿个什么东西进去，她就在外面撒娇说："啊，老公，我找不到啦，你放在哪里啦？"

她叫得亲热极了，其实人坐在沙发上根本没动。

她老公不得已，只得自己跑出来找。等他进了厨房，女友喝着红酒，眯着眼睛告诉我："看，这就是我的御夫术。他慢慢地就会自己去做所有他该做的事，不会指望我帮他！"

你们以为这种女人会不得好死么？NO！结婚几年来，她老公一直很爱她。

坦白说，我第一次看到她那种使唤老公的架势，就猜到她的出生和家境应该不错，因为她的姿态里很自然地透着一种"你天然该照顾我""你就该听我使唤"的样子。这是常年处于缺爱状态的人永远缺少的姿态，她老公未必不知道她的小心思，然而这种娇嗔是男人喜欢的。

亦舒在其小说《喜宝》里说，"我要很多很多的爱。如果没有爱，那么就要很多很多的钱，如果两样都没有，有健康也是好的。"借用亦舒的话：如果你打算生个孩子，首先，他必须健康；其次，给他很多很多爱；最后，还能给他很多很多钱。

老赵的诡异情事

老赵长得不算太漂亮，我曾当面挤对她不是美人，她说无所谓，反正愿意为她花钱的男人多了去了。好吧，这很让人抓狂，因为太有力量——什么东西比这更能判断一个女人是不是美人呢？

你美，但是只有自己一个人觉得美，有什么用？你美，但是你在真实的生活中捞不到好处，白美了一场，有什么用？锥子脸儿、大眼睛、高鼻梁、苹果肌，但没人对此进行如痴如醉的赞赏，到底是寂寞的。

美人的标准是什么？每个人尺度是不一样的，能够得到的好处却是能量化的。

想当年，老赵陪我去打印大学毕业论文，我忙东忙西，她负责跟老板聊天。完了后，老板说："不用给钱了，这点钱算什么，两位美女有时间一起吃个饭么？"显然，这不是我的功劳。

老赵是否"视朋友如手足"，尚无法定论，"视男人为衣服"，却至少有八分真。曾听她说过，她把"伍迪·艾伦"四个字集齐过：有那么一段时间，名字里有这四个字的男人，她就颇有兴趣。而她有兴趣的男人，一般会慢慢地对她有兴趣，这才是她最厉害的地方。

老赵有句金玉良言振聋发聩："女人讨男人喜欢非常容易，只要做到一点就差不多了——他说什么，你都一脸崇拜，好像听得很认真，颇有兴趣。其实，心里已经骂了几千次'你就继续傻下去吧'。"

她认为，任何一个长得不丑的女人，只要能做到这点，她的异性缘都不会差。只是那些蠢货般的女人喜欢装高傲，却上了生活的当罢了。

跟其他女人一样，老赵在她无敌的青春岁月也有过 ABCD 先生。

A 是我的高中同学，是赵小姐"爱情集邮册"的一员。高二的时候，我们班转来一男生，一进来就跟我套近乎，谄媚得不得了，那就是 A 了。他说起老赵来深情到一脸血，说她多可爱、多乖。

高一，她是他的前座，他坐她后面。他总是磨着她，让她给他做作业。他怎么追她，她怎么羞涩地拒绝。经过他的狂热追求，小女生粉红色的心终于开花了，两个人终于含情脉脉地牵了小手。

好吧，我只想说，他嘴里描述的这个老赵，跟我认识的那个真的不是同一个人！

同样地，从老赵嘴里说出来的 A，跟我看到的 A 也绝对只是同名同姓而已。她说，他是个白痴，天天干些傻事还以为自己牛——如果不是看他的名字里有个"伦"字，她才懒得理他。

开运动会的时候，老赵到我们学校来玩。A 兴奋得要死，我们班的人也跟着起哄。老赵站在教室走廊门口跟 A 说话，我几乎不好意思过去跟她打招呼——她乖巧得令我毛骨悚然。

A 打球，她就抱着水杯坐在一边盯着他看——别的勉强还可以理解，"眼睛发光"这回事她是怎么装出来的呢？

晚上 K 歌，她撒娇得不得了，我甚至觉得她也许喜欢他，只是在我面前不好意思承认罢了。等我俩单独回家，我再次试探性地说起 A，她冷声道："我已经忍受他一天了，别再提这个白痴，烦人！"

A 的初恋结局不好。不久后，他以前的同学告诉他，他的女朋友又在学校跟别的男生走得很近。他再找老赵，老赵已经冷若冰霜——集齐了的邮票，主人很少回头翻看的。最后分手的时候，A 在电话里哭得眼泪哗啦啦，老赵一边听电话一边翻一本《女友》杂志，等她翻完了一整本《女友》，A 还在那边哭。

其实，我都同情过 A。那阵子，他常常不上晚自习，被老师点名批评。班上一个喜欢他的短发女孩儿满腔怨气，跑过来跟我说："你那个朋友真不要脸，你记得帮我转告她。"

老赵不以为然："你以为一般人能不要脸的？能不要脸，那是有资本的。"她只是把沾在身上的落花轻轻拂开罢了。

A 跟那个替她出头的短发女孩子又短暂地发展过一阵子，后来被老赵一通挑逗意味明显的电话搅糊了。A 伤了短发女孩子，老赵对他再一次失去了兴趣。

"A 真蠢！"旁观者如我，都忍不住指责，"你也不是个好东西。"

"男人从不在乎女人的道德，我八百年前就知道了。而且，他们中的大部分人都不聪明。"老赵说这话的时候，正在涂脚趾甲。

B 长得不帅，也不算太丑，跟平常挤地铁的男生差不多。老赵却不这么认为，她总是说："他丑到了人类能够丑的极限。"

B 追了老赵好多年，老赵占了 B 好多年便宜，同时唾弃了他好多年，这两者并行不悖。

B 结婚的时候撂下狠话："往后再也没人像我这么爱你了。"老赵听了这话有点恐惧，貌似有点后悔她平日里对他的无情，但短暂的怜悯和愧疚过后，她说："B 长得真是太丑了，丑得简直可以唱一首咏叹调。"

　　狗改不了吃屎。老赵的这段爱情有点感伤，动情之时她会念叨 B 曾经在雨夜给她买漫画送到她宿舍的事——虽然这是很短暂且稀有的时光。

　　不过，有一天，她连感伤都不会再有了。B 婚后有一天到深圳，喊老赵出来吃饭。吃到凌晨，他送老赵回家后，又给老赵打电话，说自己睡不着，让她再陪陪。

　　夜深人静，老赵算来算去，觉得这个人也不敢把她怎么着，便轻佻地下楼了。B 作势喝了点酒，就要老赵帮他订房间。老赵不把这个孬种放在眼里，便跟到了宾馆。

　　B 张嘴就是："单人房双人床。"

　　老赵寒着一张脸："是让你老婆过来么？"

　　B 说："老子要什么你很清楚，老子那些年在你身上花的钱白花了，用的心白用了。"他有些趁着醉酒将错就错的意思，目光里闪烁着一点点畏惧，孬种毕竟是孬种。

　　没得逞！哪有"强奸犯"带女人上宾馆的。

　　老赵坐在回去的出租车上，给我打电话："世界上没有一个真正有道德观的男人，我现在很失望。"她语气疲惫，充满了失望。

　　半夜三更，我笑得天花板都要震碎：你跟人讲道德？这个主题真是太欢乐了。

　　C 挺有钱，竟然长得也不错，还会讨女孩喜欢。C 跟老赵一起出去吃饭，在停车场给小费时，C 没零钱，拿了张 100 元的。

　　老赵挤对他："这么大方？"

C下巴一扬："怎么，我平常对你不是这样？"

C并不只有老赵一个女友，他不爱老赵，老赵自然也不爱他。老赵在C那里获利不少，她自己供的那套房，估计C是有贡献的。当然，我也很庆幸，老赵那阵子对我特别慷慨。

老赵的各种诡异情事乱七八糟，有因为有妇之夫追求她，搞得对方老婆来公司吵得死去活来从而被劝退的记录，也有跟一个公司的两位老板同时交往的记录，可是这些都没什么说的必要，跟上头的ABC三位先生异曲同工。

值得好好说的是D。D是老赵的噩梦，是老赵的羞耻，是老赵心头淤积的厚厚的伤疤。

到现在为止，她提到他就是："那个不要脸的""那个走路被雷劈的""那个老婆给他戴绿帽的"……每次称呼都不一样，但是我总能知道她说的是他——那种咬牙切齿的面部表情太明确了。

不知道在你们的人生中，有没有遇到过这样的人：如果这片空旷的地方只有他一个人，那么他就跟任何人一样；但是如果这里有很多人，他会跟这里每个人都不一样。如果写文艺小说，我想我会这么形容D。

第一次见到D，是我前去探望老赵时，老赵去了别的城市，让他来接我。我忍不住打量他：何方神圣能把老赵玩弄得这般得心应手，信手拈来，翻来覆去，几次分手，几次和好？

在我一次又一次的骚扰下，他终于给了点反应，眼神直直地望着我（我见过的男人，你盯着他们的眼睛看，他们多半会回避）。我有点窘迫，低头尴尬地摆玩自己的手指头，他笑笑，不置可否。

我们全程没有说一句话，但是我忽然明白了老赵为什么喜欢他，甚至我觉得，D 这种人有种神奇的魅力——如果你不喜欢他，最可能的原因是，他根本不想讨你喜欢。

D 与老赵是初中同学。关于他们初中时期的情愫，我听过一些，大多忘了，其他的只记得两件事。

一件事是：老赵有次感冒了，请了假，第二天来上课的时候，D 折了艘"小船"扔给她。她打开来看：上面画着一个扎着马尾的小女孩，皱着眉头在吃药。

还有一件事是：毕业的时候，人人都写同学录，老赵去找D，他填了下面的姓名之类的，留言板上却空着。她不满，问他怎么不多写点儿。他说："这叫留白，你懂不懂？更有韵味。"

聪明人知道，留白越多，越有占有的可能。

高中，老赵跟 D 三年未联系，她有不少男生追，也在象征意义上交过不少男朋友。D 只是她心里隐隐的一种情愫，她会跟我提，却未必觉得会有后续。

在去大学的路上，她在大巴上遇到了 D。他刚好就坐在她身边没有人的座位，抬头看了看她，笑了。纵然是张爱玲这样的才女，见到胡兰成也只有一句："噢，原来你也在这里。"

大一大二，老赵与 D 在网上聊得很起劲，却始终不曾戳破那张薄薄的纸。一方面，她在大学里继续与不同的男生纠缠；另一方面，她挂着一颗心胡思乱想。她最终没有熬过他，低声下气地主动问他，可不可以到他的城市去看他。

老赵把这个事情看得很端庄，出发之前，买衣服、做头发，忙得不亦乐乎。在动身之前的那晚，D给她打电话，沉默良久后说："你还是把票退了吧，我女朋友要过来。"

老赵被一盆冷水浇了个透心凉，沉默以对。

我开过玩笑，为什么不跟他女朋友比拼一通。老赵斜睨我一眼："如果是那个女人主动找我，证明她没什么戏了，而如果是男人自己开口坦诚，我方胜算不大——我老赵又不是非他不可，凭什么要低声下气争取？"

没多久，她跟很多女人一样自食其言。那是一次同学聚会，聚到中途，大家玩得很疯，D把她逼到窄小的包厢里，带着一丝醉意说："我日日夜夜想你，你呢？"

他吻了老赵。一个愿打一个愿挨，旁人都插不上嘴。

老赵打起精神来应对D的女友，打这场"爱情保卫战"。只是，随着战况的深入，她的作战水准逐步降低。

大三，她在我们宿舍跟D视频聊天。D有些懒洋洋。

老赵笑笑："这么没精神，你就先睡觉去。"

D胡乱地嘟囔了两句，关了视频。

老赵若无其事地跟我下楼买水果，往回走的时候，她忽然气急败坏："人渣，让他关，他就关了！"

老赵并没有放过跟别的男人暧昧的机会。我笑她用情不专，她说，人总得给自己留条后路。当时语气苍凉，一脸彷徨——她对D没有信心。

人是不能付出的，有人摘了路边的一枝花，你无所谓，反正不关你事；可是，如果这花是你扔下的种子，你施肥浇灌，你担心它日晒雨淋，日日夜夜苦心栽培，旁人若不费吹灰之力摘走这枝花，一切就都不一样了。

跟所有女人一样，老赵开始付出——给爱情，给身体，给内心的真实想法，掏空了还唯恐给得不够。

只是，付出的人不可爱，因为她们特别容易不甘心——有一点不满意，便会开始细数前尘往事：我为了你怎样怎样，你却怎样怎样……而得到好处的人，最不爱听的就是这种话，因为他早已认为：这些都是你该做的。

自称情商是我100倍的老赵，跟D同居后一样吵得你死我活，状态一点儿也不比我和我的男朋友好。

老赵越来越无法忍受D跟别的女人有那种与生俱来的熟络，更糟糕的是，她开始疏远那些对她感兴趣的男人。这简直是祸不单行，屋漏偏逢连夜雨。

跟D前女友的那场大战，耗掉了老赵不少精力，那女人什么都不如老赵——容貌、打扮、精明、幽默、手段，但是她要的不多，只要D偶尔的殷勤就足够。

同居之后，D时不时还会跟前女友来往，老赵捉到一次就"大清洗"一次。D振振有词，是对方先联系他的，别冤枉他。

老赵天生好强，从不肯轻易示弱，她从前会精明地蜿蜒前行以达到自己的目的，但是对D爱得越深，态度越蛮横，完全丢了她自己的优势。

在与 D 的周旋中，老赵像很多女人，像 A 那个故事中的短发女孩，也像后来提过的那个怕老公跟老赵搅和到一起而到她公司大吵大闹的妇女，就是唯独不像她自己。

毕业三年后，老赵晚上要来我这边吃饭。一条鱼，一碗青菜，一份卤菜，老赵问有没有红酒。她看起来很正常，我们俩一路嘻嘻哈哈地喝，一瓶红酒基本见底。

她忽然盯着我看了很久，笑了笑，一副很凄凉的样子："我抛弃 D 了。"

我看着她的红眼眶，想了好久才出声："真潇洒！"与其说是安慰，不如说是挖苦。

老赵倒笑了："这就是，要想人前富贵，必得人后受罪。"她学的是《霸王别姬》里面程蝶衣师傅的语气，学得惟妙惟肖。

那时候的老赵，对于 D，只那么轻描淡写地提了一笔。

再度提起 D，已是好几年后的江南月夜，我俩走在乌镇灯火通明的小巷里，巷子里的灯，像火一样四处飘着。

老赵提起了 D。分开前那晚，她在车库看着他的车哭了几个小时，眼睛都哭肿了。他建议先分开一阵子："我一直跟自己说，我是因为爱你才跟你在一起的，可是现在我越来越不想勉强自己了。"

"我老赵没有那么傻，这些年我也是风里过风里往，再执迷不悟下去，就没了退路。情爱路，江湖路，从来只有人求我，何曾见到我求人？"毕竟是老赵，一朝栽了跟头，也总有不同于寻常女人的气魄。

这之后，又是好几年过去了，老赵在巴黎、罗马四处飘荡，因缘际会，我与她也终于逐渐冷落了，只是我会常常想起我们年少时的往事。

我最爱的歌手张楚曾经唱过一首歌叫《赵小姐》，每每听到，总是莞尔——把《赵小姐》送给老赵，恰如其分，天衣无缝："赵小姐姓赵，是赵钱孙李的那个赵……"

情爱中的男女较量

一男性朋友跟我说，他跟某姑娘相亲了，他挺喜欢人家的。我说，那人家觉得你怎样。他不假思索地说："挺好的啊。"

然后，有一天他跑来问我："之前不是聊得挺好的吗，怎么我说跟我回老家，她马上就拒绝，然后'拉黑'我了。"

好吧，我敢保证，这位姑娘从头到尾对你肯定厌烦透了，只是碍于礼貌，或者一直没逮到合适的机会回绝你而已。

某个女友去相亲完全是碍于家里的压力，所以对那相亲男有一搭没一搭地，根本不上心。然后，那男人有天说："我们俩聊得也差不多了，你看什么时候把证给领了，事儿给办了？"

　　我念高中的时候，每天上数学课时都不听课，坐在座位上朝着前排座位发呆，然后前排的男同学非说我每天上课盯着他看，整个高中都觉得我暗恋他……这个我没法解释，因为他觉得我解释就是在遮掩。

　　以上所举三种情况，很少能在女人身上看到。恋爱情况未明的时候，女人更多觉得是：嗯，你这么敷衍我，你是不是对我哪儿不满意？你肯定是没瞧上我，不然你会对我这么冷淡？

　　读书的时候，哪怕真被一个男生眼巴巴地瞅了三年，女生心里想的也多半是："他真的在看我吗？怎么可能？"没一个女生会乐滋滋地想："又看我，又看我，单恋我是吧，我就知道——"

　　而且，就算恋爱关系确立了，女人都能把男人指使得团团转，这种"自信心"也多半没确立，还每天都在号："你没有以前对我好了，你没有以前爱我了……"虽然，你根本是一星期前才开始跟她拍拖的。

　　而对待前任的态度，男人的多情更高出几个级别。

　　我有一位女友，她有天接到她初恋的电话，他喝得酩酊大醉："我现在在 ×× 等你，我想你，你马上过来。"

　　女友表示，她接到这个电话的时候，简直尴尬成癌了：都跟他分手 N 多年了，早有了新男友，我究竟应该怎么跟他解释，他才相信我是真的不再爱他了？

　　这个场景，你换个男人看看——至少电话里安慰半天，若是跟前女友从前感情甚好，没准就去了。

在前任这个事情上，女人简直是世界上最残忍的一种动物——只要现在生活还过得不错，80%的女人是不会给予前任一毛钱怀念的；假如听到前男友过得糟，多半心里会幸灾乐祸："看到你过得不好，我也就好了。"剩下的人则是庆幸："多谢多谢，多谢你当年不娶之恩。"

所以，我对男人怀念初恋这事儿总是笑而不语，因为你怀念的人多半不会怀念你，除非她的现任对她不好。

或者，你是陆游那种大才子，具有人格魅力，但即使这样，我依然相信99%的女人处在唐琬那个位置，也不会死那么早。因为她会慢慢觉得，"咦，赵士程也挺不错的嘛！"再过几年，"啧啧，别说以前那个陆游了，就冲着他的妈宝男性格，我也受不了，真不知道我当时怎么想的，啧啧啧，受不了。"

我认为女人很现实、聪明，心思九曲回肠，每一步都走得小心翼翼，守住稳定目标就一心一意，绝不朝三暮四。反而，男人是浪漫又笨拙的，易被假象迷惑，自我感觉良好，纠缠于过去，流连于未来，倒是对真实存在的"现在"缺少可控性把握。

从前，女人爱看男人弹吉他，于是全世界的男人都跑去学吉他。如今的女人，爱大牌包，于是全世界的男人拼死拼活一样去挣钱。

这充分证明了我上面的论点：在情爱中，哪怕世界是你们男人的，但你们男人是属于女人的，所以世界最后是我们的。谢谢！

情分难敌际遇

和女友看《七月与安生》，看完后，女友问："朋友圈里，很多人都说看得眼泪狂飙，你呢？""没有，可能因为我从来不是七月，也没谁是安生吧。"

在我的青春记忆里，我遇到过很多闪亮的姑娘，有像电影里七月那样乖巧的，也有叛逆如安生的。

或者，我自己也曾经在某些姑娘的世界里做过一部分七月，在另一些姑娘的世界又做过类似于安生的角色。但是，我最终没有成为谁生命里的七月或者安生。

这部电影让我想起了我的一个曾经很亲密的朋友。

七月在 13 岁那年遇到了安生。

我也几乎在同时段遇到了你。

前不久，我无意中在微博上发现了你，从一个英语同声翻译那里找到了你。

微博上，你放了一些照片，孩子学钢琴的，你工作的，以及参加什么活动之类的图。

我最终没有关注你，你也应该没有关注我。假如，我是说假如我混得好一点，也许会鼓起勇气跟你说：××，别来无恙。

1 年前：我跟另外的朋友提起你，她们说你在欧洲定居，嫁了个老外，生了两个孩子，很少回国。

我坐在咖啡厅，听到这些，心里有种恍惚。想起多年前我俩还在长沙念大学的时候，在平和堂的电梯上，你对我说："我每周都来这里逛一次，勉励我自己，总有一天，我可以轻松自如地买得起这里的所有东西。"

4 年前：我跟工厂老板吵架，闹着要辞职，老板不肯给我最后一个月工资。我吵着要告他，他说："你要告就去告，看你能奈我何？"

我跑了很多地方，最后人家告诉我，税后工资低于 3500 元不予以立案。

我灰溜溜地整理了行李，从工厂空手而回。

到了居住的房子里，我迫切地想找个人倾诉，于是拨了你的电话。你没有存我的号码，接通电话，你那边是流利的英文。我迟疑半天，最终挂了电话，窗外是暗沉沉的黑夜。

9 年前：我即将毕业，写论文和找工作，极度焦虑，你来访我。你很优秀，而我相反。你跟所有优秀的人一样，对我的消极态度不以为然，深信"有志者事竟成"。

我不耐烦，对你很冷淡，最后你返回学校前，在我的台灯下垂泪。我又觉得心软，给你擦眼泪。想起来那是我第一次，也是唯一一次给女孩子擦眼泪。我只是心烦。

11 年前：上午 10 点，我到你学校找你，你不在宿舍，人家说你去图书馆了。你回来后说，每天早上 7 点去操场读一个小时的英文，然后买了面包去图书馆自习，一直到 11：40 去饭堂打饭。

你让我也要努力一点。我看着自己的脚尖，不出声。你父母是老师，从小培养了你爱学习的好习惯，而我不是。

12 年前：我们到同一个城市读大学，填志愿的时候，我们拉着对方的手，又蹦又跳，好像从此可以相伴一生一世。

13 年前：高三时我看不惯班上一刁蛮女生，中午午休的时候，两人争执起来，该女生忽然拍着桌子摆阵势。

我尚未反应过来，作为同桌的你拎着课桌上的书就往该女生身上扔，劈里啪啦，就跟贾宝玉上学一样——"小娘养的，动起兵器来了"，一直到值日生叫来班主任才作罢。你是英语尖子生，但是也被罚站罚得很惨。

14 年前：高二，我为了我的初恋跟他的初恋复合而大醉一场，你也跟着喝酒。后来有人告诉我，你很可怕，喝醉酒了非得在宣传栏看报纸，硬是不肯让男生扶回宿舍休息。

酒后，我嘲讽你："醉了还要看报纸，做尖子生上瘾了。"你正色道："我是怕你一个人狼狈才陪你的。"

15 年前：我在楼下，你在楼上，你往下一眼看到了我，啊，一边叫一边从楼梯上扑扑地往下跑，上气不接下气地到了我跟前。真惨，高中我又跟你一个学校。

16 年前：早自习下课后，你教我唱苏有朋的《背包》："我那穿过风花雪月的年少，我那驮着岁月的背包，我的青春路上花落知多少，寂寞旅途谁明了？曾经为你痴狂多少泪与笑，曾经无怨无悔的浪潮，我的流浪路上几多云和树，只有背包陪着我奔跑……"

17年前：我去了你家，回来写了篇日记。我说："喏，我写了你哦。"你故作平淡拿过去看，止不住地懊恼："你写的是我吗？你写的是我家里人，根本没怎么提到我！"

最后，是我请你看林正英的电影《音乐僵尸》才结了此公案。

18年前：那是一个晴朗的秋天，我们刚上完初一第一节作文课，你忽然从座位上站起来，迎面朝我走来："刚刚老师念那么多作文范文，只有你那篇是我唯一喜欢的。你也喜欢看《乱世佳人》吗？"

"我喜欢看。"

也许，当时我们是班里都看过这本书的两个人吧。那是我们第一次相见。

七月一直沿着乖乖女的路途走，安生一直在流浪。经历了那么多岁月，最后她们依然是彼此生命中最亲密的人，因为这样，才能写成小说，才能拍成电影。而大部分人，不得不承认，我们远远没有那个运气。

我常觉得，自己的时光都是一场接着一场的梦境，每个梦境里都有陪伴自己的人——在这个梦境里，你依依不舍地跟她说：请你务必、务必跟我走到下一个梦境去，不要扔下我。她也会真心实意地应允你。

　　然而，等到了下一个梦境，她没有跟上来，或者走得太快，然后你再也找不到她了。即使找到了，也不复当年。

　　世界上绝大多数的七月，慢慢会难以理解卖笑求生的安生；世界上绝大多数的安生，逐渐会觉得眼前的七月，仅仅是受到上帝的眷顾而由衷不忿。退一步说，即使还保留着当年一点情分，也是无用的。

　　我们都知道，情分怎么也抵不过际遇。想想你身边的老朋友、同学，当年大家青春少年，上台合唱一首歌，多半也真心诚意。如今呢？能够贴心地说上几句话的人，还多吗？

　　我最终没有做过谁的七月，也没有做过谁的安生，但是此刻我想说，我非常想念我上面所说的这位朋友，非常非常。

　　林夕当年写给陈奕迅的《最佳损友》，大概也是写给我的歌吧：

　　"从前共你促膝把酒

　　倾通宵都不够

　　我有痛快过你有没有

　　很多东西今生只可给你

　　保守至到永久

　　……

　　被推着走跟着生活流

　　来年陌生的是昨日最亲的某某

　　总好于那日我没有没有遇过某某……"

三毛不懂张爱玲的"情"

我18岁以后再也不读三毛，在看《滚滚红尘》之前，便武断地判断，她写不了张爱玲——对照电影，果然如是。

三毛的文章讲得是什么呢？说得好听点，叫做"情怀与理想"，说得不好听点，是"自恋者的梦呓"。三毛的不好在理想主义，以自我为中心的理想主义，对"情"的理解处在很浅薄的层次上。

张爱玲写情，有《色·戒》之欲，《半生缘》沈世均之疑虑、怯懦，《金锁记》曹七巧情之绝望。张爱玲在情里赋予了人性的深刻，在《小团圆》里，邵之雍对九莉的感情并非纯粹之情，爱慕其才华，欺负其软弱，也是人性。

形形色色的情，在生活中随处可见模板。

三毛写情写爱，停留在"我讨人喜欢"的基础上（其实也就是"玛丽苏情结"）。这种爱像空中楼阁，跟琼瑶那种其实没什么分别，只是三毛不那样抒情，外加了景点观光环节，所以更让少女向往，但是，在艺术上是很难谈得上有什么价值的。

　　三毛之情，热而廉价。张爱玲刚好相反，情冷却内敛。三毛喜欢呼朋引伴：来，看我的感情。而张爱玲藏得很深，甚至很多人看完《张爱玲全集》只觉得齿冷、可怕。

　　三毛之后，很多人都企图解读张爱玲，无论是李安、王安忆还是王安祈，然而他们最终也多多少少会犯跟三毛一样的毛病，会把张爱玲的冷色调情不自禁地调暖。当然，比起三毛的天真，这些人又要节制一些，大概是这些人比起张爱玲终究是幸福的普通人。

　　李安拍《色·戒》，在张爱玲的文字里，王佳芝也不过是想着以前那个闹革命、说爱她的男孩子，却也选择了易先生。后者至少还给了王佳芝强烈的爱，以及一个"鸽子蛋"，所以她放走了他。

　　恍恍惚惚，电影里谈不上有动人的瞬间的情分。

　　王安忆改编的话剧版《金锁记》，加大了七巧对三爷的情感力度。而书里的七巧，其实她的爱没有具体的对象——在荒芜的世界里，在寂寞的空间里，竟然还有男人会逗她，哪怕是不怀好意的挑逗，她也是愿意的。

　　王安祈理解的《金锁记》中，七巧跟小刘过着普通、幸福的生活。其实，张爱玲未必这么认为。七巧傍晚嫁与下午嫁，嫁给活人死人，或者嫁小刘，只是一枚硬币的两面——同一袭袍子爬满了虱子，并没有区别。

　　张爱玲不是没有写过穷人家洁身自好的女儿，比如虞家茵，她自己是好的，遇到的男人也是张爱玲书里难得的可爱男人。

然而她有个爹，最后也把美梦撕碎了。

张爱玲彻头彻尾是孤独的。对比起来也很有意思，三毛分明是爱热闹的，笔下哪怕是写荒凉大漠，却也是谁谁待她的热爱。张爱玲反而写闹市的夜车电铃，写得凄楚悲凉。前者多少有些故作姿态的"做作"，后者却是生命日常之惨况。

我不喜欢看三毛写"情"，她有些肤浅，像个小孩兜几块糖，就非要拉着你裤腿，一粒粒地数给你看。张爱玲不轻易写"情"，一落笔就力透纸背，懂者自懂。

我几度看《小团圆》看得内心悲痛，尤其悲惨的一幕是，医生给九莉看病，她痛到如此程度，手还在被子里拱手作客气状，尽管谁都看不到。

书里有个物理老师给过她一丁点善，那老师在战乱中死了。张爱玲只写了一句话：九莉想，我盼望战争来临可以不考物理，但是也不需要你们炸死我的物理老师。怕考物理，只不过怕考不好，对不起对她一点善的人罢了。九莉不曾在邵之雍跟前哭过，跟他分开后，却在不相干的人身边哭得天昏地暗。

这便是张爱玲。

有人说张爱玲写颜色、写衣服，怎么写得那么好，看她写一件衣服，一碟点心，细致到像雕花。有人说她天生敏感，不是，是因为她寂寞孤独，衣服、点心这些死东西比活人跟她更亲近，所以信手写来就像写最亲近的人一样——很少有作者能这样。

张爱玲，情感极度内敛，《小团圆》里，九莉要送给母亲的那枝花，已经让人心碎。胡兰成每每拈花惹草还与张爱玲分

享，其实，他就是欺负她怕人，他知道她擅长用漠然状去遮盖
内心的痛苦，不似平凡女人懂得捍卫自己的东西。

张爱玲就是个笨拙的人啊，这也是为什么改编张爱玲的作
品有难度的原因。张爱玲在作品里是绝不会露出一丝儿廉价的
温暖，也许不是她不愿意，而是不会罢了。

人们常说，琼瑶只能少女时代看，其实我觉得少女时代也
可以看三毛，认识几个字，又觉得自己应该被每个男人爱，或
者已经被爱。而张爱玲，却是可以长长久久看上一生的。

没有徐太宇的少女时代也是少女时代

我是跟小 L 一起看的这部电影，这个平素以感性著称的妞
儿一路径直摇头："太假了，太假了……"

我满怀少女心地问："怎么假了，我觉得好浪漫哦。"

她说："你乡下来的么，开一圈灯、溜个冰就叫浪漫了么？
对了，虽然你少女的时候我不认识你，但是看你这种长相——
这电影应该跟你没有什么关系吧？"

好吧，小 L 说得挺对的，电影里的女主角虽然扮丑，她还

是好看的。这电影是跟我的关系不大，我的少女时代，没有徐太宇，没有徐太宇，没有徐太宇——重要的事情说三遍。

然而，我还是想硬着头皮说点我的少女时代。

长得丑确实应该受歧视，但是，丑的人在她一生中也曾遇到过微弱的星光。对一个好看的人来说，一颗星星只是一颗星星；而对于丑的人来说，一颗星星可能会照亮整个夜空，所以更值得拿出来反反复复、没完没了地说。

高考成绩不如意，我复读了一年，扎马尾，带厚厚的眼镜片，穿蓝白相间、灰扑扑的不合身的校服，沉默穿梭于课堂与饭堂之间。每天最盼望的是，下晚自习后独自一个人骑着一辆三脚架的大自行车回家的那段路程，那是一天中最安静的时刻。

也许那段时光太寂寞了，寂寞得连害怕都不会，所以我总是独来独往。下完晚自习九点半到十点了，学生们绝大多数在寄宿，我走的那段路是个很陡峭的上下坡，安静极了。

如今回想起来，只记得踩啊踩，踩到满头是汗总算上了坡，一抬头，只见坡顶处立着一盏昏黄的孤零零的灯，彷徨，无依无靠。绕过这灯，便是长长的下坡，这时候迎风而下，快乐极了，有"遗世而独立"的错觉。

这条路，我波澜不惊地走了几个月，直到有一天夜里——刚出校门没多久，我便觉察到有人跟着我，一直跟着我……

我不敢回头望，只听到耳边的夜风呼啦啦地直叫。我跟疯了一样拼命踩着单车，除了往前冲，脑子里什么念头都没有，连求救呼喊都忘了。踩过上下坡，还在玩命一样踩。

当时什么感受我也忘了，只知道等我从车上跳下来的时候，迎面有一个人死命搂住了我，而那辆自行车还径直跑了不短的一段距离才颓然倒地。

原来那条路已经踩完，前面是闹市区了，我惊魂未定地看着他，他惊魂未定地看着我。那是个高高大大的男生，戴鸭舌帽，穿牛仔裤，板鞋，属于高中男生最常见的打扮。

"你不要命了。"

"后面有人追我。"我说这话的时候还在全身发抖。

他往我身后望，没有看到嫌疑对象，犹豫半晌，轻轻地说："我送你回去吧，你在前面走，我跟在后面。"

我往前行，他跟在后面，我踩两步，回头望他一眼，他朝我点点头。我又踩两步，又回头望他，他再点头示意我走。

这个初秋的晚上，这个素不相识的男生成了这个世界上我最信赖的人。

好不容易到了我家楼下，他忽然笑了，笑得特别明朗。

"为什么你这么小，骑这么大一部车子？"

"我自己的自行车轮胎坏了，就用我爸的自行车了。"我摸着头发，一脸尴尬。

"噢。"

"噢什么，别看它又破又大，它有自己的名字：'将军'。"

"哈哈哈哈，你可驾驭不了'将军'，你像一只小猴子挂在上面。"他在夜色里大笑，忽然让我很恼火，方才对他的感激瞬间少了一大半，也不搭理他，一个人碎碎念地上楼了。

这之后的一个星期，学校有班级篮球赛，我被同桌拽着去看。

"看到没有，那个投 3 分球的——对，超酷的，之前班上有女生跟他表白，他理都不理呢，特别傲气。"

"哪个？"

"喏，喏，喏，那个呀，11 号呀。"

咦，不就是那天夜晚被我吓到脸色发白的少年么？于是，我摇摇头："一点都不酷。"

他下场了，在女生们秋水般皎洁的眼神里走过，经过我身边，一副完全不认识我很拽的样子。当时，我有些薄怒：你就装吧，看你能装到什么时候去，哼。

然而，之后，我们在饭堂、操场、教室走廊多次遇见，他都会漠然走开。我终于有点惆怅，这个人大概是真不认识我了吧。这样想的时候，已经是春季了，校园里的桃花陆陆续续地开了。嗯，满园的花开，我的心不开。

春暖花开的时候，我终于换了辆新自行车，我小心翼翼地骑着车从坡上爬上来又爬下去。

有一天黄昏，我在学校后门遇到他，他独自一人坐在一家小卖铺门口，懒洋洋地随意伸着两条大长腿，冲着我笑，灿烂无敌："喂，换了'美人'，不要'将军'了！"一点都不是平日里在学校装出来的，那副逗得女孩子议论纷纷的"死面孔"。

我四下一看，没有旁人，依然没法证明"这人是不酷的"。我的结论是对的，失望至极，剜了他一眼，悻悻然跑开了。

后来呢？当然就没有后来了，不然跟徐太宇还有什么区别？我上了大学，离开家乡，上班，谈恋爱，跟往事告别得特别干脆。

有一日，在同学群里，大家议论纷纷说起当年事，不知怎的，我脱口而出："你们还记得隔壁班的谁谁谁么？"

"哦哦哦，就是那个每天都装出一副死人样的那个。"

"哇，是啊，想起过去觉得好搞笑啊，以前我还悄悄暗恋过他哩，那会儿觉得不说话的男人就帅呆了，哈哈哈哈。"

"你知道么，有次我鼓起勇气跟他告白，结果那个死人竟然说：'你跟我说话吗？'气死了，气死了，你们说，当时我是什么眼光啊！"

30岁的女人，有人已经为人妻为人母，有人在城市里面漫无目的地飘荡着，回忆起当年事，好不心酸、搞笑。

我看着群里滴滴答答的消息，那一刻忽然觉得自己富足极了。真的，他一点儿都不酷，笑声明亮，牙齿很白，灿烂无敌。还有，还有，在汉语里，全世界只有我们两人才知道"将军"的另一种意思，这是多么了不起的一件事呀。

电影完毕了，小L还揪着那个"溜冰梗"不放："你是乡下来的嘛，一圈灯亮了，有啥浪漫的？"

不是哟，世界上哪有什么浪漫，浪漫由心生，在合适的年华里，一盏灯，一段路，一部破旧的自行车，一个不是秘密的小秘密，都是浪漫的。

第四辑：婚姻没有那么容易

婚姻不是一张纸那么简单

和"逼婚"比起来，抢春节回家的火车票算什么？根本不用挂在心上。我朋友老赵发明的打油诗在这儿又派上用场了："人到过年两不堪，生不如意死不甘。"

对，说的就是你们，那些一把年纪还不结婚的人。

这个事情很搞笑，父母永远觉得——你就是发霉的白菜，今年不嫁明年绝对只能给人当后妈。而你被他们一激，气得一蹦三尺高。年年如此，岁岁雷同。好容易回家过个年，过得乌烟瘴气，连老天都不知道这事怎么会这么诡异。

每年回家那几天，每一秒钟，我都觉得我可以跟大街上任何一个男人结婚，只为求耳根清净。但是，等我回到了广州，我的理智又回来了，又开始反复地列数据深层次分析问题了。

很多结婚了的人，不知道什么叫"婚姻"，正如很多人生了几个孩子也不知道怎么做好父母，这是很悲戚的。根据多年纵横江湖的体验，我总结出一个真理："三点稳住一个平面"这个几何论题，也适合用于婚姻。

哪三点呢？容何日君缓缓道来。

要点一：价值观的大致统一。

价值观是个什么东西？很难准确形容，但是有如下特征：

a）：在不危害社会的前提下，不分贵贱。打麻将跟练书法没本质区别，都不过是爱好，聊以打发时间；花 6000 块买大牌包和去旅游，没有谁比较有档次。

b）：一旦树立，很难更改。尤其是到了适婚年龄，性格和世界观已经成型，除非遭遇了灭顶之灾，否则，改变的机会极小极小。

c）：不分对错，却讲究是否合理、合适。

AB 两夫妻磨合婚姻 30 年，如今都 50 多岁了，还天天闹，天天互相崩溃。其实，他俩是彻彻底底的自由恋爱，而且当年是寻死觅活要在一起的，说他们没有感情基础，是完全说不过去的。但是，他们是两个价值观完全迥异的人。

A 个性强，不甘人后，节约，吃苦耐劳，邻居家买了漂亮的物件、衣服，她总是想着也要买一套；邻居嫁女儿，给了多少钱，她发誓也要给自己孩子这么多。A 对财富物质有很多的向往，错了吗？绝对没有，这甚至是很多普通的婚内女人的缩影。

而 B 天天挂在嘴边的就是："人生就几十年，我就不跟人家比，有饭吃有衣穿就够了。孩子是下一代的事，他们自己挣钱自己用，我管不着。"

其实，从人生意义来看，他说的都是实在话——人生苦短，为什么要为了一点虚荣心把自己搞得狼狈不堪？

于是，他俩的相处模式大家想必都猜到了：一个骂一个"没出息"，一个骂一个"瞎虚荣"，越骂越愤恨，都觉得自己倒了大霉才跟这人搅一块儿，这人臭不要脸拖了自己的后腿——要不是有了孩子，他们八百年前就闹掰了！

价值观不同导致的最严重的后果是，大家无法理解对方的行为，带有很强的攻击性。这点屡试不爽，看看网络上"黄脸婆"跟"老剩女"的对骂就知道了。

几乎可以设立个这样的等式：

多挣钱：攀比虚荣（B）＝积极上进（A）

不跟人家比：心态好（B）＝没出息，没本事（A）

孩子买房自己掏钱：独立自主，各管各（B）＝没有责任心，不疼孩子（A）

一模一样的事情，因为价值观的不同，解读就完全不一样了。

A常常挂在嘴边的一句话是："你没有我，早当乞丐了。"语气相当不屑。

B常常说："你要不是找了我，早被人甩了，谁能忍受你？"

事实上，如果A跟一个奋发向上、对"钱"有相当渴望的男人在一起，也许她早就过上了她想过的生活。而B，若是找了安于现状的普通妇人，没准也比现在开心得多。

若是把婚姻比作一艘大船，在惊涛骇浪的海上，想要稳妥前进的基本要素就是，船开往哪个方向。夫妻的认知是一致的，而这个基本方向就来自价值观的统一，若是方向都谈不拢，其余的连谈都不用谈了。

所以，我常常劝我一些朋友，如果你不是一个能接受恬淡生活的女人，那你不要选择一个懒散悠闲的男人。

要点二：一定的感情基础。

鲁迅说过一句话，"人必生活着，爱才有所附丽"，在保障生活的基础上才有"爱"，非常正确。其实，"爱"在生活中有两个作用：第一，使人拥有一定的忍受能力；第二，使人具备一定的沟通能力。

生活是无奈的，而婚姻是更无奈的。人的本性是可恶的，是擅长推脱的，是宽于律己、严苛于人的。一个人生活，一来琐事少，二来做错了什么，只能怨自己。

但是，婚姻生活，一是琐事逐渐增多，二是有了责任。有了错就可以踢到对方身上，千错万错都是对方错，哪怕有天良心发现，口头承认自己也有错，还是会给自己留点余地："假如不是你怎么样，我会这样吗？"看，还是对方错！这个时候，"爱"的作用就很好地体现出来了——

一方面，能怎样呢，人是你自己当年选的，赖谁去？因为有感情，念在他有那么多"好"的份上，这一点"悲惨"我也就认了。"爱"通过倾诉、抚摸等语言和肢体行为，在某种程度上缓解了婚姻的焦虑。

另一方面，婚姻之所以能让人忍受，就是"抽了你十鞭子之后，忽然轻抚了一下你的脸，接着再抽十鞭子"，没中间那个"轻抚"一下的缓冲，将是很凄凉的。

而说到"沟通"，大家想必都有一个认知：有时候，对方说了什么，怎么说的，其实没有那么重要，重要的是，你要了解他的性格和说法方式，更重要的是，要了解他的立场。

打个不太合适的比方：一个不熟悉的人说你胖得跟猪一样，你肯定气炸了："你才胖得像猪一样，你全家都胖得跟猪一样！"但是，如果爱你的男朋友说了这话，你觉得是宠溺，不会真正生气。

这就是立场问题，你知道你男朋友对你是没有恶意的，而那个陌生人，他多半是有恶意的。

"爱"使"沟通"具备了初步条件，至少你不觉得他是恶意的。而没有一定感情基础的婚姻，纯粹靠"钱"来维持，就很难说了。

"从校园一路走过来的情侣吵架，不小心推了对方一把"，与"相亲两星期闪婚的，推了对方一把"，这两个概念是不可同日而语的，后者还有可能涉及"谋杀"。"爱"对"沟通"的终极意义是"我们是一体的"，"好好聊"对我们双方有利。

婚姻必须有"感情基础"，至于是婚前培养还是婚后养成，因人而异。但是，若婚姻完全是一门交易，在我看来，未必是良好的婚姻。

要点三：双方是否够成熟，双方情商都高的，婚姻会愉快很多。

我相过几次亲，不妨说出来，逗大家一乐。

一个经济、学历、工作方方面面都还不错的男人，我果断放弃他了，原因是什么？我比他大一岁，他天天有事没事追着我叫"大妈"，见我朋友胖了点就笑话人家像头猪！

这种男的就是有金山银山，我也不会考虑他，因为我怕自己控制不住，分分钟想撕了他的嘴，阉了他——不过最后我会坐牢，代价太大了，我付不起。

还有一个，真是样样都好，要钱有钱，要车有车，要房有房，但是，他啥事都让他妈安排，就差裤子都让他妈穿了。

"特孝顺的""心直口快的""情绪、脾气像艺术家的"……

"你说呢？你觉得呢？"

"还好吧，我随便。呵呵呵。"

这几类最基本的，看到赶紧躲开吧，跟这号人结婚等于陪葬，这涉及所谓的"沟通"："爱"只是立场分明，而情商却决定了"沟通"的方式和技巧，更直观地反映效率。

情商高的人在处理情绪、压力的方方面面，都会让伴侣觉得有安全感，对未来有信心，不慌张，能笃定地一起走下去。而情商低的人，则完全会把事情搞砸，比如传递坏情绪，武断下结论，连绵不休地抱怨等。

婚姻是件很需要技巧的事情，除了以上三点，还有许多许多我说不上来的，不了解的大的小的、善的恶的。结婚没结好，反而丢掉一条命的，何止三五个？

结婚从来不是很多人想当然的那样："男女能搞在一起就能结婚，睡觉了就结婚，怀孕就结婚，家人催了就结婚。"这些都能结，是没错，甚至很多时候还有些人歪打正着地这么结了，就幸福得不得了。

这是你的好运气，我恭喜你。

只是对于更多的人来说，对自己想要的婚姻有理解、有认知、有想法不是件坏事。若是被人挟持，急急忙忙随便结个婚，你可能能安心过完今年，但是能不能安心到下一年就不知道了。

宁缺毋滥，自己擦亮眼，挑好人，每年都过得安安心心，这才是最终目的，不是么？

对了，是哪位大侠最先提倡"女人啊，太聪明了就不会幸福；傻女人才幸福，越无知越幸福"这种祸害人的言论？

据我观察，真正的傻女人，过得好的只有两种，一是她还没来得及不幸已经早逝，一是她根本不知道什么叫不幸。

谁成全了谁

某姑娘遭遇老公出轨，蓬头垢面，哭哭啼啼："这么一个人，一个没有出息的人，就为了他，我牺牲了我自己。"

事实上，听到这儿，我已经没有兴趣接着往下听了，这位姑娘显然还不明白真实的自己，自然也搞不明白她的婚姻状态。

我建议这姑娘看看《黄子华栋笃笑》，为什么呢？因为黄子华有个主观点："我是我这套戏的主角！你不赞美我，我憎恨你全家！"

什么意思？

意思就是：每一个人都是以"自我"为中心的，在做任何选择的时候，他在潜意识里都已经盘算过了——这件事会给我带来怎样的收益？如何规避风险，如何取得利益最大化，如何在 ABC 这些都不够尽人意的选择中做出一条看起来相对好一丁点的选择？你不能因为你选择了你觉得最好的 C，之后回头发现选错了，懊悔了，于是你觉得自己牺牲了。

NO，这不叫牺牲，这叫选择错误。

比如，一个大龄女郎，家里催她结婚，她自己也没有更好的选择。筹措下，她牙一咬，随便找一个结婚。婚后发现，对方是个混蛋，于是她哭哭啼啼去怪自己爸妈、亲戚："看，我为了你们，牺牲了我自己的幸福。"

比如，夫妻生了孩子，用亲情绑架孩子："看，我和你爸为了你，牺牲了我们自己一辈子，你还这么不听话？"

这样所谓的"牺牲"，真的成立吗？

你被家人催着结婚，你答应了，你的潜意识其实依然是围绕你自己的利益在进行——结了婚，耳根清净了，压力小了，何况也许他是不错的，会给我稳定的生活。这些算计，你真的以为你自己没算吗？真的，别这么看不起你自己。

父母对孩子，真是铁板钉钉的"牺牲"吗？

仔细想想看，孩子是夫妻感情的稳固剂，双方得付出很多精力和资源来照看孩子，尤其是男人朝秦暮楚的动物性一面会有所收敛——指望孩子养老，即使不是经济上的养老，也是心理上的依恋：老了有去处，不至于在社会上找不到自己的位置。

在孩子身上寄托自己当年未完成的理想，是做父母的天性，不然哪来那么多的专制家长——"爱"与"算计"难道真的不能共存吗？

明明做一件事之前，已经有很多私心，辛辛苦苦经营多时，没有获得相应的回报，嚷着自己为谁谁谁牺牲了。

这都是什么逻辑？

这姑娘继续很委屈地表示："跟他结婚的时候，他一无所有，没钱没房没车，我就图他对我好，我才放弃了好几个条件好的男生，选择嫁给他，这难道还不是牺牲吗？"

请问，图他的"好"跟图他的"钱"，本质上到底有什么区别？

"好"也是价值的一种，虚荣心不分贵贱，个体需求无高下之别，崇尚"肉欲"的不比信基督的下流，图男人的"钱"和图男人的"好"同理。你是有所求才跟他一起的，不是奔着"牺牲自我"的态度来的。

国人特别擅长的便是用"爱与牺牲"做幌子，来遮盖心底下藏着的扎扎实实的利益关系。

两个朋友A与B，A从小富贵、大方、潇洒，随时可以顺手给你帮忙；B出生在贫寒之家，基本上不能帮你什么忙，还时不时总要麻烦你，这样那样的。

长此以往，你更喜欢跟 A 来往，还是 B？

婚姻中当然要有爱，人们喜欢用"跟你在一起开心快乐"来形容幸福的婚姻，但是如何快乐起来，我们依然需要用具体手段达成。

那么，是哪些手段呢？"买买买！""对我好！""有面子！"仔细看看，桩桩件件都是利益关系。

"结婚后就有依靠了"属于"买买买"和"对我好"的范畴；"结婚了，父母不催了，压力小了"属于"有面子"的范畴——也许具体表现方式不同，但是本质是雷同的。也就是说，所有人选择婚姻的第一要素都是："我是这套戏的主角，对我有益，我才选择跟你结婚。"

一切都为了利益。

对的，就是"利益"，清清楚楚看明白了这两字怎么写的，以及明白它存在于你生命中的每一处地方，没必要忌讳和回避。

懂得"利益"二字，往后就少说点"为谁牺牲"这种可笑的话。何况，姑娘，社会都发展到这个程度了，离婚已经算家常便饭，过不下去就撤呗——良禽择木而栖，女人选择对自己有利的男人而嫁，天经地义，真的无须动不动"为谁牺牲"这么大动干戈！

最后吧，我琢磨着，"牺牲"即使要用，这词儿也应该是用得隐忍的。

不结婚不生孩子，你要做什么？

坦白说，我已经被这个问题问得烦了，很多时候想骂人："我要做什么，关你什么事！"但是，如今正是修身养性的关键时刻，不宜动怒。何况，对方也未必有恶意，没必要太较真。

这么多"别人带孩子，我没孩子"的时光，准确地说，我也不知道我做了什么，唯一清楚的是，我有很多很多事情想做，而且我的闲暇时光未必够用。

我想挣很多很多钱，出很多很多书，学煮咖啡，做柠檬茶，煲汤，学肚皮舞，学越剧，学画画，拍写真集，攀岩，环游世界，看海底世界，认识很多有情趣的人，想谈自己爱谈的恋爱，想跟志同道合的朋友一起喝咖啡和茶以及聊天……

说起我的计划，我几乎可以滔滔不绝，说到天昏地暗。

当然，我不会跟别人说，因为他们会笑而不语，意思是："你想得美，你做不到的，这些不属于你这个阶层的人应该得到的，你只配过大多数底层女人过的那种围着孩子和老公转的生活。"

谈梦想的确没有意义，因为"梦想"不是用来谈的，是用来实现的。我列个清单，我跟蜗牛一样慢慢地往上爬，完成一项，删除一项，到死的那一天，终归是可以完成几项的。

不说"梦想"说"当今"，什么是让我快乐的？

我迷恋星巴克，不，准确地说，我迷恋任何一家咖啡店。一个人坐在靠窗的位置待整个下午，看一本书，或者发呆，迷恋"肉眼能看到眼光里的尘埃"这种感觉。

我更迷恋的是，坐了五六个小时后从咖啡厅出来，华灯初上，夜色苍茫。那一瞬间，感觉世界好像"换了人间"一般，有种稀里糊涂的恍惚感，连脚步都是迷糊的，我喜欢这种感觉。

我还期待有人跑出来跟我说："呀，你某篇文章写得实在是太好了，为什么不写完它？"然后，我发现那是我自认为写得最差的文章，这时候我会有一种小孩式的洋洋自得，但是我不讨厌。

我喜欢跟志同道合的老朋友喝茶，吃点心，聊一些无聊的问题。

我喜欢把一堆护肤品彩妆慢慢用得精光，那种感觉，简直要高兴死了，眉开眼笑。

我喜欢绞尽脑汁找一切东西泡脚，不好喝的普洱、铁观音，新买的红酒，去云南旅游带回来的藏红花、醋、药包、海藻、浴粉。

我喜欢做面膜，并喜欢用这个方式来检验我的脸跟标准的脸有多大的差距。

我喜欢看戏、写戏评，如果写完之后还能得到创作者的回馈，会特别高兴——即使没得到，也自得其乐。

我做好一件普通的小事就会很高兴，比如自己安装了洗手间的灯泡。

我每天早上出门前最喜欢照镜子，这种时刻总觉得自己是天仙。

我还喜欢收亚马逊的书和大麦网的戏票，一天收一张票，可以维持高兴好几天。

我喜欢边吃夜宵边喝啤酒，边看京剧，唱到"流水"的时候，情不自禁地跟着一起唱。

我也喜欢路边漂亮的、白白的、眼睛大大的、虎头虎脑的小男孩，摸摸他的头发，这是我对孩子最有兴趣的表现。

我喜欢看书，尤其是看到我表达不出来的东西被别人表达出来了，立马要拍腿大叫："太好了！"

我喜欢看电影，而且在看之前会想，如果是我，我怎么拍这个题材。如果编剧、导演的构思超出我的想象，我会很愉快，觉得值得票价了。

我喜欢回忆旅游的过程，虽然我不喜欢旅游的过程。

最重要的是，大部分时候我都觉得自己还很小，跟毕业那年差不多——除了跟我妈吵架被她一而再、再而三地提醒的时候。

"一天之中，有一半的时间我蛮想死的，但是另一半时间，我觉得活着真的很好。"在这个概念里，我想，我跟任何已婚女人没有任何区别。

So，请不要歧视我，"我们都在努力活着，如此而已"。

三十不婚，你得独立

昨晚接到朋友的电话，为"三十不婚"烦恼到直蹦。

我说："很多在这个年纪没结婚的人，也没像你这样呀。"

她还是很焦虑："那不一样！你没跟你妈生活在一起，她顶多就是打电话催催你。我可跟我妈住在一起，她天天跟我哭，跟我吵架，到公园去发征婚广告，给我找一堆极品男相亲。我抗拒，她还说我挑剔。"

我见她这么说，就问她："你可以自己搬出来住啊。"

她一口否定了："怎么可能？你知道在北京租房子多贵么？而且，我到哪儿找人合租啊？"

我不以为然："我很多朋友在北京漂着，自己租房、生活、挤地铁上班，这又不是不可能成立的事。"

她顿了顿："不过，我的工资卡都在我妈那里，她每个月只给我一些零用钱。"

说到这里，我觉得在未来的日子里，她如果不结婚，当然会受到妈妈的挑剔。甚至，就算结婚了也未必能让她母亲满意。

近几年来，越来越多的人开始反思父母与子女的关系，有人支持老观点："天下无不是的父母"，有人惊世骇俗地认为："父母祸害了我一生"。

在我个人的感觉里，大部分人的父母都是正常人，固然有缺点，对孩子的心却是容不得半点质疑。在大众开始频频探讨父母教育问题的同时，我以为，父母的相对方——子女也要去思考、总结"自己"与"父母"相处的境遇。

我们这一辈人中的许多人，从小娇生惯养，简而言之，从小到大习惯了父母"拿主意"。

"习惯"这个东西非常恐怖。在生活中，我们会看到"某个女人被丈夫恶狠狠欺压，但是她坚决不离婚"的奇怪现象，很大程度上，这是因为她习惯了他，根本离不了。

二三十年来，你习惯了父母替你拿主意，同样地，父母也习惯了给你拿主意，这种"习惯"是双向的。比如我这位朋友，尽管她 30 岁了，在她妈心里，她跟 10 岁小朋友没什么区别，所以继续给她拿主意，用大人对孩子的方式，或者哄，或者吼，软硬兼施强迫她去做她根本不愿意做的事。

从表面上来看，责任当然全部在她妈妈这边：强势，不尊重孩子的意愿，不欣赏自己的女儿。但是，深入地剖析这个事情，也许会得出不一样的结论：她跟她妈之间没有"质"的创伤，她妈的出发点是为了她好，不然她妈才懒得花费精力去逼她相亲；女儿的反感也是出于对母亲的在乎，一个无所谓的人骂我几句，我有什么好烦恼、记恨、焦虑的？

唯一的失误是思维失误，即：这不是两个成熟的、独立的、个体的相处方式，然而这个思维失误，并不只是她妈妈的责任，也有她自己的责任。

你烦你妈管你，擅自安排你的人生，但是你心安理得地免费住她的房子，吃她烧的菜，接受她生活上无微不至的照顾。你上班，她管工资，这种行为跟小时候被问"你为什么读书啊"——回答"我为我妈读书啊"本质上有什么区别？

换句话说，心安理得去行使权力，但不愿意负担义务。

世界上这么多种关系，这种模式只在一种关系中可以成立，那就是"母亲与幼子"的关系，其余任何领域都行不通——你要得到一些东西，就必须自己付出代价去争取。

这种相处模式母亲给的暗示就是："你还是个孩子，我得替你打算未来，不然我死了，谁来照顾你？现在我必须把你托付给别人。"

不要总是在抱怨你的母亲不欣赏你，也该反思反思，作为一个独立人格的人，你有什么东西是值得你母亲欣赏的。

"欣赏"与"无偿的爱"是两码事，基本上，大多数母亲都能做到后面一点，而前一点，两个成熟的独立的人之间的互相欣赏，不会来得那么容易——那需要自己卓绝的努力。

最近认识的一位 90 后朋友，她有个强势又优秀的爸爸，甚至最初连到外面吃饭时点菜都必须爸爸做主。而她为了争取在家中的权力，经济独立，在外工作努力，做事有条有理，在家族聚会时点餐可以照顾到在座的每个人。

现在，她爸爸已经逐步地放权了，他开始欣赏他的女儿，并用成人的态度来对待她。

当然，你也可以一辈子生活在"母亲与幼子"的关系中，毕竟父母总是无私的。我老家的一位朋友即是如此：她自己挣不到钱，结婚、买房、买车、吃饭全靠父母。

轻松，是很轻松，但是，我敢打赌，她的一丁点自由都需要去跟她妈妈商量，毫无疑问。

东"食"西"宿"，大家都挺会想的

跟朋友聚会聊天，她表示一筹莫展："我想结婚的呀。哇，有的男生真受不了，除了会挣钱几乎什么爱好都没有！"当然，在说这话之前，她已经表态过，那些挣不到钱的男生更可恶！

这话真是太熟悉了，就前两天，也有姑娘问我："何日君，怎么办，我初恋回来找我了，我还是爱他的，之前因为他没有上进心和未来规划，所以我和他分手后回老家了。现在准备结婚了，这个男人对我很好，也很努力，但是我心里还是爱着初恋，我该怎么办？"

这让我想起了我的一段相亲经历：

某男曾经跟我交往一段时间，后来他又跟所有相亲没下文的人一样，找了别人。再后来，他又联系上我了，并跟我表态，对现任女友不满。

"跟她完全无法沟通，每天聊来聊去那些芝麻碎事，烦死了，哪像你，跟你聊天，我每次都感觉非常愉快。说真的，我喜欢你的精神世界。"

"这么说——你是嫌弃我的肉体？"

"当然不是，而是，你的爱好太多了，真结婚了，你没时间、精力照顾家庭，不适合结婚。"

说实话，当时我还挺震惊的。这好比，你既要求人家赚钱养家，还要求人家貌美如花，等于干两份工作，却只能领一份工作的钱，能不令人咋舌么？

后来随着我越来越老，我倒是发现天真的人越来越多。

领导要招财务主管，工资不肯开高，却要求必须有经验，所以他从一月份招到年底了还在招人。我估计他扔给前程无忧网站的钱，都可以把工资给涨上来了。

朋友恨嫁吧，没钱的，嫌弃人家穷；有钱的，又嫌弃人家不够对她好，不肯任她随意打骂，发脾气。

也不想想，人家不就是没钱才来这受"苦肉计"吗？有钱了让你打？

男人找女人，好看、实用、便宜、听话，最好集合成一体。一个个的想法，跟我做的那个梦一样——我梦到我到了一商场，那里的衣服超级漂亮、高档，巴宝莉的风衣打折后一件只要150块！

父母在女儿读大学时都不允许女儿谈恋爱，"谈恋爱就打断你的腿！"一毕业死命催婚，再不结婚，就跟蔫了的大白菜一样，拿回去喂猪，猪都不吃！

这样的事情实在是太多了，让我想起我看过的一个笑话：

有个老爹问女儿："女儿啊，我们这院子里，你是想嫁给东家的公子，还是想嫁西家的公子啊？"

东家公子家里有钱，人丑；西家刚好相反，穷光蛋，但是翩翩少年郎。然后，闺女就说："爹爹啊，我想白天嫁东家吃；晚上么，我要嫁去西家睡哟！"

东"食"西"宿"，其实大家真的都挺会想的！

在男人的世界里，女人不乖能怎样

前不久，我在上海去广州的飞机上看了一篇某明星的采访文章，看得我直冒冷汗，她说："我们家是女孩子，我就按女孩子的样子来教育——安静，听话，不给人挡道，该干吗干吗去，家里来了客人，也不许冲着迎上去，你得乖……"

看到这里，我心想："至于嘛，现在都什么社会了，男女早都平等了，女人也有自己的一片天。"

紧接着，她说："因为你在男人的世界里混，你就不能那么蛮横地要，你得绕道要——用女人独有的方法去要，哄得人高兴了，你的目的也就达到了。"

回到广州，跟朋友们聚会，有个朋友给我说了一件事儿：在她们公司，所有跟总监谈恋爱的女人都在职场得了好处，而且有的女同事还能借此平步青云——言谈之中，未尝没有几分怀才不遇的怨愤。

我宽慰她："你以为跟总监谈恋爱的过程很容易吗？这需要天赋，这活儿不简单！"

有次部门聚会，我们领导一兴奋就跟知心哥哥似的，劝我们一帮女生结婚：过了 30 岁就不好找了。他絮絮叨叨，没完没了。我们说：经理，你也是快 40 岁才结婚的。他脸一拉："女人，能跟男人一样吗？你们就图这几年！"

振聋发聩，纵使不甘心，千方百计想反驳，但是无话可说。

这些人的话都很讨厌，文章开头那位明星的说法特别讨厌；我朋友的判断也讨厌；总监的总结陈词更讨厌。但是，世界上让人讨厌的事，80% 是因为它是真实的，没法逃避的，不然你连讨厌这种情绪都不需要有。

戴锦华说，中国只有两个女人，一个秦香莲，一个花木兰。后者通过伪装成男人取得成功，一是数量狭小，一是过程艰难。

何况到最后，她还是跟"男人"脱离不了关系，更不用提绝大多数的"秦香莲"了。女人在男人手里混饭吃，不可能脱离"男人"这个中心。

我曾经总结，女人对男人的需求只有四样：生理需求、情感需求、物质需求以及生育需求。我以为女人要么是"我要你的好"，要么是"我要你的钱"，要么是"我要你的器官"，要么是"我要你的精子"。无非是这几种。

后来，接触过太多彷徨的大龄未婚女性，我发现原来不是这样的。她们对男人的需求，其实是"虚幻的心理需求"以及"社会需求"。况且，极大一部分人被社会逼得宁愿放弃前四种跟本人息息相关的需求，而愿意追逐后两种基本没有实际用处的需求。

我所谓的社会需求是"别人觉得你需要个男人"，这个别人，可以是你的挚友，你的至亲，甚至还有可能，这个别人其实跟你本人一毛钱关系都没有。

在大多数别人眼里，女人分四等：最下等，没钱又没男人；次次下等，有钱没男人；次下等，没钱有男人；最高等，有钱有男人。

这就是所谓的"事业爱情两丰收"。最高等与最下等就无需多说了，的确是最高等女人与最低等女人的全民概念，但是有钱没男人与没钱有男人这个倒是很值得玩味的。

女人："那谁谁谁老公有什么了不起的？挣不到钱，还出轨，对她也就那样，我不稀罕。"

大多数的别人："挣不到钱？那也是个男人啊！出轨？那也是个男人啊！对她不好？那也是个男人啊！你别说什么你不稀罕了，你根本找不到一个男人！"

如果这个别人是一个人，那也许没问题，问题是三人成虎，众口铄金，全世界的人都告诉你："你需要一个男人""有一个男人，怎么都比没有的要好"。

人是集体动物，在这种浪潮之下，许多女人开始把这种社会需求慢慢地调整到了"虚幻的心理需求"——

"对，我就是需要一个男人！哪怕他没什么实际用处，但是人人都有，我也得搞一个——大家都交了卷，我不能还在答题。

"我没时间了，过了时间，我的答题肯定只有零分，那就完了。我现在不喜欢他，也许感情是可以培养的。"

在这种被社会赋予的压力、恐惧、焦虑下，许多女人一不做二不休，嫁了再说，哪怕她内心没有嫁人的需求，或者急急忙忙嫁的这个人达不到与她内心息息相关的前四种需求，但是为达到"社会需求"和"心理需求"，她只能铤而走险，碰碰运气。

男人对女人的这种社会需求是喜闻乐见的。你得嫁我，你不能没有我，你得求着我，于是"出轨门"应运而生，这是市场导致的必然规律——是你稀罕我，不是我稀罕你。

男人二婚，有点钱，再找老婆易如反掌，而且找的还更年轻漂亮。

　　女人二婚，再嫁难度高，现在 30 岁没结婚的女人多得吓死人，谁还有空搭理你这离过婚的？万一你走狗屎运，还真二婚了，这个二婚的男人，他一定不出轨吗？况且，跟二婚男人扯孩子问题，财务问题，搞得你筋疲力尽，面黄肌瘦，想过好日子，门儿都没有！

　　女人也是会算账的，算来算去，婚是不敢离，自己的男人不敢打，那么打"小三"啊——

　　当事人真打"小三"，撕头皮、扯衣裳。一帮跟当事人有共同心理导向的家庭妇女联合起来，还在网上追打"小三"。

　　别说女人何苦为难女人，在这个基本资源全部归属男性的世界，女人依靠男人而活，不能去棒打自己的"主子"，那就只能棒打"竞争者"了。大家都只是为了守着这一亩三分地，活下去而已。

　　女人对男人的依靠，有些甚至不只是实际用处上的依靠，而是长久以来形成的"思维"依靠。

　　有些女人，分明能干、漂亮，样样周全，但是，她守着她那个不成器的老公死都不放手，她甚至可以给他钱去赌博，反正她得要一个男人。没有，她就活不下去，哪怕他唯一的作用就是半夜能睡在她身边打呼噜。

　　这便是所谓的"虚幻的心理需求"。

　　有些女人，明明她孩子的父亲根本没有显出一丝一毫做父亲的姿态，但是她依然觉得，有这个不存在实际意义，甚至拖后腿的父亲，总比孩子没有父亲要好。

更让人难堪的是——这样的女人往往会有不甘心牺牲的意识，日后会对孩子强调：看，因为你，我奉献了我自己，你竟然敢不听话？你对得起我吗？

男人是多么聪明的动物，在这基础上，一次次出轨，一次次痛哭流涕，一次次被原谅，一次次再出轨，如何？反正我有回头路可走。

很多有一定经济能力的女性，她们也不敢对出轨男说"不"，她们都宽容地迎接了出轨男的回归。所以又何必指着月薪三四千的女性骂没出息呢？这不是女人的问题，这是社会与时代的问题。

这让我想起一本越剧老戏《碧玉簪》，这个戏成型在100年前——

王玉林怀疑妻子李秀英与人通奸，对妻子暴力相向，还当着岳母打了李秀英，后来经过曲折的过程才发现是一场误会。

王玉林高中状元后，过来哄妻子。李秀英还记着旧怨，不肯依他。这时候，旁边所有的别人，包括最深爱女儿的父母，全部劝她："儿啊，难得他今日回心转，儿啊，快接凤冠把霞帔穿。"

"看，他都认错了，你们这么多年感情，算啦，你有儿有女的，把孩子带好就行啦。"

百年前李秀英的父母，与当今女人的态度其实是差不多的——在男人的地盘混饭吃，你只能听话，如此而已。

婚姻从什么时候变得这么廉价

生活是诡异的，我从小就这么觉得，但是让我有了深切认知的，还是源于我一场场的相亲经验。

我遇到过至少四五次，不同的男人跟我吃了一顿晚饭，回去就发微信告诉我他爱我，希望跟我进一步发展。假如中秋节我俩第一次一起吃饭，国庆就可以回去把证给领了。

我从小就是"眼镜狗"，青春时代还长得黑不溜秋，现在学会擦粉了。当然，我从小就写得一手好文章，然而，我习惯用我的天赋替其他男生写情书给别的女生。

我的朋友老赵，每次我俩同时认识一个男人，对方追的肯定是她，不是我。唯一一次有人先挑我，理由是：好看的管不住——呃，那还是挑你吧。

正当年的时候，尚且运气惨淡，当我迈入大龄相亲市场的时候，忽然那么多人跑出来跟我吃顿饭后，就争先恐后地"爱"我了——难道30岁的时候，我家祖坟上冒青烟，头顶上闪金光，身体每个细胞都没前兆地散发着惊人的人格魅力了吗？

不合理，这不合理！

姜文拍的电影《阳光灿烂的日子》里，马小军迷恋米兰，大雨倾盆，他冲到她家楼下，雨淋得他像落汤鸡，他有许多许多的话想说，可是，最后——

"米兰，我喜欢你。"

"你说什么？"

"我……我的车翻沟里去了。"

马小军自始至终没有说过他爱米兰，但是所有人都知道那个少年当年慌慌张张的恋爱。甚至，不是少年如此，姜文老了也是这样：电影《一步之遥》里，马走日面对完颜英永远不正经，无论对方怎么威胁压迫，哪怕连枪都掏出来了，他还是嬉皮笑脸，但是面对武六，他不知道该说点什么。

马走日让完颜英迷恋，不是因为他带着她抽大烟，开小车听着京戏《嫦娥奔月》要直奔月球——虽然这很浪漫，而是他尊重她，如果他不会百分之百爱她便不肯娶她，哪怕她动了刀枪。

爱这个词，是什么时候开始变得这么廉价的？什么时候能对着一个陌生人张嘴就来的？你刚弄清了我家里几口人，你就确定你已经爱上我了？我三围多少，体重多少，有没有暴力倾向，这些你都没问，你已经开始爱我了？

凭什么啊，你有这个诚意，我都没有这个自信！

爱是一种感觉，跟一切身外之事无关的感觉。

别拿这话跟我狡辩，这种虚无的感觉只发生在一种人身上——年轻的美人。我年轻那会儿，都没人跟我谈爱情的感觉，现在倒是来了一票人跟我谈虚无的"爱"了。这种相亲的人超级恶心，没错，就这词：恶心！

你不爱那个女人，不熟悉她的气味，听不出她的声音，甚至也许三五小时后你就忘记她长了一张怎样平凡无奇的脸，你不关心她心里想什么，也不在乎她对你的态度，你说你爱她，想她，要娶她……

"万一不满意，日后咱还能换呢！"何其歹毒！

人与人，没有一起经历过生活的狂风巨浪，有脸说什么爱与诚？

爱，可以莽撞，不可以廉价，嘴里说出来之前，心里已经想了一千遍一万遍，你说出来的不及你心中的 1%，这才是"爱情"真实的样子。

女人久不见正常男人

某年情人节，收了一束我不喜欢的男人送的花，正准备往垃圾桶里扔，一男同事看到了，说："哎，你别扔啊，给我，我换张卡片，下班后就拿去给我老婆。今天的玫瑰花多贵啊，这玩意儿，吃又吃不得，放也放不得，何必浪费那个钱呢？"

就经济成本角度来说，他对，他就没法再更对了。

然而，在这之后，每次见到他一脸甜甜蜜蜜秀恩爱的老婆，我特别庸俗的心里就有点儿轻视的味道：谁知道你老公送的项链是不是 29.9 块包邮的呢，毕竟你情人节里收的花，都是我准备扔垃圾箱里的。

我以前相亲过的一男人，一起约了去百万葵园玩儿，门票是他买的，几十块钱的事儿，他就花了那个钱。出了园子，我要去买酸奶，然后他跟上来了，到了便利店，我拿了两瓶大果粒酸奶，还是打折的，我记得很清楚。

我左手拿着两瓶大果粒酸奶，右胳膊挽着包包，伸手打算从包包里掏钱包，那男的就非常殷勤地替我把酸奶拿到付账台，然后站在一边等我拿钱包付款。

那十几块钱付得我恶心极了，出了便利店的门，我就翻脸了——今生缘已尽，来生不相见，微信、QQ 全部拉黑。

你们以为我是忍受不了他的抠门，其实我是忍受不了他的蠢。这个情境，他在宏观和微观两方面都"蠢"。落实到具体事情，如果你出了门票钱，已经心疼坏了，姑娘还要喝酸奶，你死都不想出这个钱了，那么，你最正确的做法是什么？

不跟进便利店，这样自然不用付款。或者表态：我懒得进去，一点小事，你自己搞定吧。而且，如果我是这个男的，我一定会口头问句："你有零钱么？没有，我这儿有。"

任何姑娘，除了特别不要脸的，是肯定不会要你这零钱的。

看，面子、里子都做足了，钱也不用掏！

每次相亲遇到这种事，我真觉得我应该投胎做男人，拔高男性的平均智商。

从宏观上来说，这男人十足的蠢！

男人什么时候需要在女生身上花钱？当然是没到手的时候啊，等到完全搞上手了，这钱，让她慢慢还——一辈子时间，利滚利，你以为你能亏多少？

结婚是利于男性的。到如今只有女人不愿意结婚，男人都恨不得娶十个才好，连这点大局意识和投资意识都没有的男人，就是个傻子。

什么，骗你钱？得了吧，我把你从头看到脚，拿着那么几千块薪水，畏畏缩缩的行事态度，80% 身家清白的姑娘，对贪你的小便宜一点儿兴趣都没有。

这男人，要不是买酸奶得罪了我，第二次见面我肯定请他吃饭把逛园子的钱还上。还怕姑娘占你便宜？呵呵，姑娘不是谁的便宜都会占的。

以前还有个相亲过的男人，他请我吃饭，我请他看音乐剧。上天明鉴，要占了他便宜，我自戳双眼。音乐剧看完后，已经 11 点多了，地铁也停了，于是他提议送我坐夜车回去。夜车，转两班，而且三四十分钟发一趟车。

如果他送我回去，然后自己再转两班夜车回家，人到宿舍楼下，天都会亮了。

当然，最后我自己打车回来的，花了 65 块钱。在的士上，我陷入人生最低潮：我是怎么混到跟这种人一起吃饭的地步的？
我的人生还有救吗？

嗯，我已经统计过，很多女性的人生最低潮都是在相亲的
时候——那个啥，坐我对面啃鸡爪的那个人真是人类吗？

我有个女友，跟人相亲交往了半年，还是没爱情的感觉，
提出了分手。没想到，那男的说要算算账，要女生把这半年一
起吃饭的钱折现还给他，送给女生的护肤品，女生开封用了也
得 7 折折现还给他。

遇到这种人，那种感觉是不是像吞了一嘴的苍蝇无法下咽？
我女友都哭了，不是因为舍不得要还的钱，是心疼自己怎么跟
这种人拉扯了半年。

还有个女友嫁了个老公，夫妻收入都挺好，自己也备了车。
不过，这男人抠到什么程度呢，女友怀孕，他舍不得烧油，害
得她挺着肚子坐公交去看医生。

女友想看电影，老公说："38.8 块啊，还不如从网上下载来
看呢，这跟在电影院看也没有什么区别。"

可不是吗？严格说起来，连宋仲基跟你都没什么区别，谁
还能长出三个鼻孔来，是吧？

男人抠，其实说的不只是抠门的事儿，而是"蠢"的事儿。

这种蠢不止表现在生活中的蔑视、粗糙，对他人的不信任，
总觉得要防着你，怕上当，还表现在一种可笑的优越感——像
上面这位，车库里放着车不开、塞一包草就把肚子搞饱的先生，
他是发自真心地觉得花 38.8 元去看场电影的人都是傻子。

这种人也有很可爱的时候。有一回，我那精打细算的男同事对我说："我老婆就是眼光好，挑了个居家实用男，一分钱不用花都往家里拿。"

呵呵，蹭人家的烟？用人家丢在垃圾箱里的玫瑰花？吃饭买单就借故进厕所？细想，还真是一分钱不花哩！

我到广州第一年，那时候，穷啊，在哈根达斯门口看到一款78块的雪糕，我跟初恋说，听说这个雪糕很有名。初恋说，买！我畏畏缩缩地跟在后面说：好贵啊。

初恋表示，只有今天舍得吃78块的雪糕，明天才舍得买780块的护肤品，后天才舍得买7800块的包。一个人活得畏缩，有什么意思？他还教过我另一句话："如果你想跟一个人成为好朋友，那么请他吃饭，不要在乎买单出钱。请他吃饭后，他回馈给你的，将远超过这顿饭钱。"

我有个很要好的男性朋友，他去年结婚，买房子就只写了老婆一个人的名字，虽然都是他家里出首付和装修费。他说："以后我出轨，房子归你，我的错。以后你出轨，房子归你，你一个女人，再嫁不容易。"

有次我去他家玩儿，他老婆说："虽然他没钱，但是当时真的觉得，嫁给他，这辈子值了。"

李宗盛写过这么一句歌词——"男人久不见莲花，方觉牡丹美"，女人久不见大气、爽快、正常的男人，竟把斤斤计较、小肚鸡肠、一毛不拔之辈当作居家实用男，我呸！

大龄未婚所遭遇的"日常"与"非日常"歧视

当一个本来扭曲的东西天天在你跟前晃，你也就习惯了，觉得就像一天吃三顿饭一样稀松平常。这就是我这 30 岁未婚，脸皮老厚了的姑娘对一般性歧视的态度。

这种歧视日常的不得了——你不秉着一种日常的态度对待，还活得下去吗？

财务部面试新人，一姑娘，我看着挺好，领导说不要了，35 岁有点老。35 岁这个年纪的女性，做财务经理多合适，然而，她没结婚啊！

别说你领导，就连亲爹亲妈，你以为 30 岁未婚，他们真的看得起你吗？打心眼里瞧不起！只因为是自己的女儿，没办法了。

《红楼梦》里头，贾宝玉被他爸打，王夫人抱着不让打说的那话——贾珠要是活着，打死一百个宝玉都算了，现在就剩下这孽障了，没办法。

我看，你爹妈对你不结婚也是这种心态了。

歧视，歧视，到处都是歧视。善意的，恶意的，自觉的，不自觉的，哪一种不是歧视？活在这歧视中，我早已经刀枪不入。那么，为啥我现在这么气急败坏？因为我遭受的非日常歧视，完全超乎了我的想象。

我弟在读高中，处于叛逆期，有天跟他们历史老师吵起来，老师问："你家里就你一个孩子吗？"

我弟说："有个姐。"

老师问："你姐性格跟你一样吗？"

我弟说："差不多。"

老师问："你姐多少岁了？"

我弟说："30 岁了。"

老师问："没嫁人吧？"

我弟说："没。"

老师说："看看吧，我就知道没人要她！"

这位老师，我跟你无冤无仇，一面之缘都没有，连你姓李姓张都不清楚。但是，仅仅这样的私怨，你不值得我这样大张旗鼓写篇长文讨伐，之所以如此，是源于一个深刻的问题。

究竟是什么样的人在教育我们的孩子？这些人的素质、品质、见识，是否能教育好我们的孩子？我们的下一代在这样的教育下长大，他们的未来是怎样的？

这个老师是个年轻人，不同于父母那一辈人。

父母那一辈人幼年时少吃少穿，内心充满了不安全感，稳固的家庭是内心唯一的港湾，婚姻几乎是唯一的道路，所以他们对儿女婚姻的期许可以理解。

然而，这个老师只是 30 岁出头而已，思想却与父母辈几乎一致：诅咒一个人，恶意攻击一个人，依然揪着"剩女、没人要"的把柄，而且是深藏在潜意识中的观念，不然怎么出口即问结婚的事。如此见识，不敢恭维。

这个老师是位女老师，作为一个小县城的高中老师，我绝不信她的人生是一帆风顺的，她的情感之路没有经过任何波折的——恋爱失败、与丈夫发生口角、婆媳关系，这些里面，她不可能完全避免。要知道，女人活得比男人艰难多了。

她有没有一个人走过夜路的寂寞，有没有感到过彷徨，生命里是否也存在着很多的不安——这些她有过吗？若是有过，何以对另一个陌生的、毫无私怨的同类出口如此恶毒？

本是同根生，相煎何太急！

作为一位老师，而且是高中历史老师，相信背诵鸦片战争哪年哪月哪一分钟开战，她是专业级别，但是，作为一个历史专业的人，连孔子"君子和而不同，小人同而不和"这么简单的道理，她都不明白？

一个老师教给学生的是什么？不是慈禧在她死前先弄死光绪，也不是什么运动对历史产生了什么意义——老师给予学生的，是他的包容心态，高瞻远瞩的境界，以及探讨人生的智慧和思维，而不是书本上的死东西，以及"嘴上一套，心里又是一套"的虚伪。

这个历史老师，因为跟学生发生口角，从而上升到人身攻击，而且不止攻击当事人，还株连九族，对与自己不同路的人采取一刀切的否定态度：你性格不好，你姐性格也不好，那肯定是你父母没教好（这个倒是学历史的派头）；我结婚了，你没结婚，噢，那你是怪物。

这是正确的历史观吗？到底这人是如何当上历史老师的？是考上去的，还是找关系上去的？无论哪一种，都太可怕了。

千万别说我是因为她歧视了我，而导致我对她口诛笔伐。事实上，就像打篮球的王治郅一样，恰好是因为他牺牲了他的职业生涯，才换来了姚明他们后来更好的职业环境。

我们这一辈人也是如此，处在这个新与旧的变革时代，我们很艰难地活着，是为了给下一辈人创造更自由的，更能够自我表达的生活空间。

大龄找对象"三不可"

非常严肃而且残忍地告诉你，对于一般女性来说，30 岁以后遇到的对象，比起 24 ～ 26 岁时遇到的水平是下降的。

所以，别觉得人家结婚了的都心理阴暗，故意拿这话吓你。

如果你自己姿色平平、性格平平、创造财富的能力平平，那么，人家还真没吓你。

对一般人来说，年轻总比不年轻的好。当然，我爱你苍老的面容更甚你年轻时候的绝色，这话，听听就够了——不然，也没有谁天天花大钱美容这回事儿。

大龄女挑对象，范围会越来越窄。对于一般人来说，这个说法是成立的，所以，我也收到不少私信，说："何日君，现在年纪大了，找不到对象怎么办？"

找对象，还是得你自己来，这种好事我帮不上忙。作为一个不擅长写"鸡汤文"的公众号，坏的方面还是可以提醒一两句的。

大龄女找对象，有三戒：

第一，戒消极。

大龄没结婚的女人会容易觉得自己很失败，快 30 岁或者过了 30 岁，好像还什么事都没做好，车房没有，男人也没有，都不知道自己在干啥。于是就有了一种说法：反正现在都这么差了，随便结个婚算了，难道还能更差？

这就是典型不了解人生的表现，人生没有最糟，只有更糟——假如你想的话。

我们这一辈人的父母，有时候也很喜欢说傻话，比如孩子不愿意结婚，说：反正我结婚了过得不好也要离婚的。父母会说：那你先结，不行你再离。于是，有姑娘就动了心思，反正过一坎是一坎，先结了再说，反正现在领离婚证也快。

说实话，用脑袋想，别用屁股，离婚真的容易吗？

我一朋友闪婚，是被父母逼的。年纪一大，咬牙一想，再差难道还差过现在？现在是钱也没有，前途渺茫，内分泌失调，家里施压下，跟一个男的见了两次面，根本没有相见恨晚的感觉就结婚了，过后生了个儿子。

之前，也有段短暂的满足期。今年，她的丈夫跟以前中学的初恋死灰复燃。我朋友也不爱他，是为了儿子才将就着。而她丈夫的初恋，也结婚有孩子了，她跟自己老公各玩各的。

总之，这男人觉得有了儿子，便不想再为婚姻所累，也不想跟初恋结婚，反正能在初恋那里满足性欲和感情，所以一直拖着不跟我朋友离婚。离婚要分房子，他打的主意就是，拖着你，拖到你自己想跟别的男人走，搞累了，就主动放弃房子。

现在，两口子打官司打得昏天暗地，我朋友要不起儿子，又舍不得儿子，只能人住娘家，周末去看儿子，哭得眼泪哗啦。儿子又因为爸爸带着，跟阿姨和阿姨的儿子一块玩，慢慢地，跟妈妈反而没那么亲热了，为此朋友也是哭惨。

这种惨况，难道不比她当年一个人惨？

以前，人家说女人，没结婚的是天鹅，到处飞；结了婚的都是笨鸭，想飞，也是想得美——房产、积蓄分割这些，不在乎钱的，还可以让步；万一有了孩子，那个惨痛，不是单身的人能想象的痛苦。

所以，那些为了"救"眼前痛苦，要找"形婚"、要嫁了再离的人，千万别再给我发私信了。发了，我也只有一句话：

"屁股有屁股自己的责任，不负责头脑负责的那块儿。"

第二，戒牺牲的心态。

我有个女友最近准备结婚，说实话，我不看好她的这段婚姻。她的情况特殊，爸爸得了绝症，不放心她，她想给父亲安慰，于是下了狠心——找的这个男人呢，据我的观察，是我女友绝对不喜欢的那种。

女友是挥霍型，这个男人和他的家人都把钱看得重，女友第二次去他家，他妈妈就开始打听她工资多少。那个男人去医院看她爸也不买礼物，非得要女友提醒。

之前，女友相亲，都提前跟我们一些朋友讨论商量，这次她非常坚决，瞒着我们连婚纱照都拍完了。现在，我们几个闺密就等着吃喜酒了。

说实话，她今年 37 岁了，如果遇到可心的人，谁都替她高兴，而且，一个人独自面对至亲离去的那种恐惧感，也确实想都不敢想。

但是，现在这情况，要我说什么好？戋私下问她怎么这么急。她说，怕自己仔细一想就不愿意了，如今骑虎难下，前面只剩一条路了，死活都试个运气。

这就摆明完全是"牺牲"的心态了，就是为了宽父母的心。问题是，父母真的要的是我们的这种牺牲吗？

父母逼着你结婚，当然，30% 是因为他们自己的面子和虚荣，但是 70% 还是希望你的未来有依傍，过得幸福平安，而不是走向反面。

这种事情的可悲之处，还不在一两件，我周围的很多人说：我要结婚，就是为了给父母一个交代。

说实话，我也糊涂了，父母要的应该不是这种结局，最后不知道我们怎么互相理解成这样了。

在正常的人生逻辑里，人的一生，不是父母的续集，也不是儿女的前传，更不是朋友的番外，而是一本完完整整的书——有故事，有结构，有起承转合，有内涵，有思想，有风格。

这是我的理解，也是我一直努力追逐的目标。我爱我的父母，世界上没有人比我更希望他们过得好——但是，对不起，至少就我个人来说，我不愿意牺牲个人幸福，来换他们虚妄的心理安慰。

第三，戒慌张。

"我着急！"

知道你着急，但是，都已经走到这一步了，再着急也没有用了，早知今日，何必当初？

我有些女友，我是真的讨厌她们，她们恨不得一天给我打几个电话：啊，怎么办，急死了？就好像择偶这个事儿是今天第一次冒出来的一样。

都这么大年纪了，还这么慌慌张张沉不住气，就不能出息点吗？

退一步说，一个女人，27岁跟32岁可能有很大差别，32岁跟35岁就真的没多大差别了。一描述，喏，大家都是奔四的人了。

在文章开头，我说，年轻总比不年轻好是句实话，这儿还有另一句残忍的实话：慌慌张张，在年轻人身上值得原谅，在我们这种中年人身上已经不合适了——一点小事，上蹿下跳，畏畏缩缩，天塌下来似的，真的很不体面。

我们能在年轻姑娘面前占一丁点优势的是什么？你以为是脸上的胶原蛋白、少女般婀娜的情态吗？不是啊，是我们比她们多吃了几年饭学会的，掩饰自身缺点、提升自己优点的技术。

淡定一点，这门技术你都没学到，你这几年饭白吃了？

心急吃不了热豆腐，慌张拿不下好主意，瞎猫逮到死耗子的次数，毕竟有限。

冷漠奉上劝告三桩，事实上，我想以上道理通用，不止结婚一事而已。

跪求各位别再给我介绍"老实可靠"的男人了

最近，父母又陆续给我介绍了几个对象，我倒不是想表示反对，因为到了这个年纪，对这种事情真的已经无感。尽管这种形式很奇怪，可能我周围的人都在相亲，也就习惯了。

　　这里，我不想批判相亲这种形式，我只想"跪求"，各位大哥大姐、叔叔婶婶、领导、邻居、亲爹亲娘，不要再一相亲就说出杀人于无形的话："这男孩子老实可靠，怎么不好了？"

　　真的，一听到这句话，我就半毛钱胃口都没有了。

　　基本上，老实可靠 ＝ 并不优秀 ＋ 也不有趣 ＋ 家里也没啥钱 ＋ 长得也不怎样 ＋ 身高也不合格。实在是没啥优点可夸了，才用出这四个字做绝招。

　　我活了这么大岁数，就没觉得"老实可靠"是个褒义词，甚至我都不知道，"老实可靠"这四个字的判断依据是什么，你又怎么看出来这个人老实可靠？

　　一个人有钱，OK，那很好判断，哪怕对方很低调，但是要判断也不难。如果要判断一个人有才华、有趣，那也不难，一顿饭，再长的，顶多处一个星期就判断出来了。也就是说，这些优势都很具体，能够落实到具体细节。

　　但是，判断人的抽象品质就比较难了，这需要漫长的过程，而且要落实到具体语境——有些人的内在品质，甚至需要碰上一定的契机才会暴露。

　　仔细想想，当介绍人跟你说，哎呀，这个男人老实可靠。

　　介绍人的判断依据是什么？多半是很搞笑的判断，要么是，我认识他爹妈，爹妈都是老实可靠的人；要么是，我们一个单元楼的，我们一条街的——所以，他就老实可靠？

　　所以，我觉得挑男人与其看抽象品质，不如落实到细节，比如，这个人的时间观念和未来规划、工作收入，以及在公司的职位、谈吐和格局，这些后面藏着的信息量是巨大的，而这种判断比那些抽象的"人好""老实"可靠多了。

其次，有些人，一辈子碌碌无为，什么事都做不好，大小事拿不了主意，甚至孩子上户口、上学的事儿都要老婆出面去落实，他能不老实可靠吗？他反而要担心，自己的老婆可不可靠。

老一辈的人总是吓唬姑娘们，你们跟男人不同，男人到了50岁还可以找20岁的大姑娘。呵呵，是，没错，只是有个前提：50岁的男人得有钱才能找到20岁的姑娘；没钱、没能力的，原配都怪自己瞎了眼才跟你搞一块儿的。

有些人老实可靠，那是他不得不老实可靠。这样的人，你要了干吗呢，要使无处使，放在家里还碍地方，出外挣不回财富，在家干不好家务。

当然，这些都不是重点，现代的女性已经不是各位媒人想象中的那样了。

我一女友，当年买房子时，坚决不要婆婆给的钱，宁愿四处找朋友借钱付首付。现在生了孩子，坚决不要婆婆带，出钱请个保姆，自己疯了一样挣钱，晚上还要自己带孩子。事已至此，逼得老公不得已跟着挣钱。这样，两个人都上进了，条件慢慢也就好了。

现在大家一起聊天，说起婆媳关系，她说："我婆婆在我家说不上话，拿人家手短，吃人家嘴软，N年前我就知道了。所以，自己这么拼，就是为了以后在家里有充分的话语权。"

女人想过得好，一直有两种选择：完全理性化地争取利益，还有一种是利用自己的"弱势"身份通过男性争取利益。

到目前为止，我们不能说哪派胜利了，但是我以为，在未来的时代里，前者应该是主流。很明显，这个时代的女人，在自我利益管理上是比从前进步多了。

媒人明显停留在第二种思维上。女人，靠圈着男人为生，哪怕他没出息、没本事、对我毫无用处，只要没跑掉，就是我的成就感、人生圆满，于是我对他无所求，唯求他老实可靠就好了。

现在是 2017 年，离王宝钏演苦情戏的年代已经过去多少年了。平贵夫，你远走西凉十八载，为妻我苦守寒窑挖野菜——挖个毛线，守节个毛线，你能在西凉招驸马，就不许我在中原再嫁吗？

钱，我可以自己挣；你死掉，跑掉，我可以再嫁，好不好！

这个年代以及未来的年代，对于女人来说，男人是老实巴交不跑掉比较有用，还是颜值高、有情调、互相能交流比较有用？这个问题，用逻辑来说根本就不是问题，跟吃饭一样，本来"食"和"色"就是同一层面的东西，孔夫子都这么说。

以前，女人怎么吃饭——有饭吃就得了。现在，我们怎么吃饭，绝大多数人除了追求管饱外，还追求味道，以及吃饭的环境怎么样——吃惯了佳肴，谁还愿意吃快餐？

很明显，从实用性功能升级到情趣性功能。男人能例外吗？

当然，有人说，我国女性还没发展到这个程度，好吗？我们还是很惨的，好吗？整个社会环境对女性的歧视依然非常强烈，好吗？所以，我们还是要注重男人的实用性功能，好吗？

是的。所以，我们更偏向于找有事业心、责任心，以及能挣钱养家的男人，问题是：老实巴交的男人，连实用性功能也是缺乏的。

我认为的社会发展轨迹是——

从前的女性自我认知低，所以她们选择男人的标准是"可靠，不跑掉"，连实用性功能都缺乏；

现如今，女性地位有所改观，自身经济水准提升，选择男性的标准是："大部分实用性功能，小部分情趣性功能"。

女性地位大幅度上升，不为经济束缚，对男性审美转向"情趣性功能"——现在很多大中城市已经初现端倪，谁强迫你天长地久，情浓则合，情淡则散。

换句话说，女人越优秀、越出色，对男性的情趣性功能越讲究。而事实上，男性的情趣性功能是建立在实用性功能之上，西门庆就是因为有了那么多铺子，才能风花雪月一生。

用老赵的话形容便是：看一个男人的品位，看他选的女人。同样地，看一个女人的水准，看她选男人的标准。冲着"男人不跑掉就好"的那种，自然是下下之策；冲着人家钱去的，也未必高贵，那至少证明你自己不是很能挣钱。

然而，"宁为将军妾，不为奴隶妻"，比起"只要有个男人，不管他中不中用"总是强多了，至少人家还在挑。

当然，老赵说的恶毒的话是：哇，有些狗屎都要的女人，还反过来嘲笑那些不要狗屎的女人，这真是世界上最奇妙的事了。

我知道哪些人绝对嫁不了有钱人

我很讨厌某些"毒鸡汤"，倒不是因为教女人拜金，而是害一堆愚蠢的女人不再安分，都以为自己能当公主，叫嚣着要从男人那里抠钱——也不想想，让另一个人心甘情愿把钱掏出来，放进你口袋里的难度有多大。

什么样的女人能嫁有钱人？我不知道，我只是看多了那种自己把自己嫁给有钱人方方面面的路都堵死的姑娘。

一个姑娘，方方面面都很一般，她嫁有钱人的唯一可能性，就在于那么点运气。其实几率还相当低，可是这些人还非常擅长把这丁点运气都给毁灭了，具体表现在——

赤裸裸的势利，天天张口闭口这个穷、那个穷，或者那个谁嫁了一个穷光蛋，这个谁又惹了一个穷光蛋。

眼皮子忒浅，嫉妒心蛮横，每天都唉声叹气，空间、微博、朋友圈里，哪个熟人、哪个朋友去了趟马尔代夫、拉斯维加斯，简直是要了她们的命。

这让我想起一个故事：上帝说："姑娘，你能随便挑一样愿望，我都满足你，条件是：你隔壁的邻居会得到你双倍的愿望。"那姑娘想了半天，一板一眼地说："上帝，我希望你挖瞎我一只眼，这样，我邻居的两只眼都瞎了。"

有一点小富小贵，就恨不得搞得全天下皆知。

但凡有以上特征的人，我认为她们基本嫁不了有钱人。

我还真不反对人势利，谁还能不势利？我也不反对人攀比，谁还能不攀比？我也不反对人炫耀，谁还能不炫耀？

这些人性的弱点，是普遍存在的，没有谁比谁高贵，但恰恰是这些区分了个人水平的高下：高手擅长把这些弱点隐藏起来，而蠢货挡都挡不住地要暴露——我见过混得好的人，都是很擅长掩饰人性弱点的人。

你见过哪个嫁了有钱人的女人，是声色俱厉地到处嚷着"我非钱不嫁"的？刚好相反，她们都装得得体得很，字里行间都是女性独立之类的话题，然后神不知鬼不觉地把对方的钱袋子摸了过来。

你见过哪个高端、洋气、上档次的女人，天天对着名牌LOGO不停地拍照？哪怕她心里扬扬得意得很，但是表现得很淡漠，这反而赢得了人们的好感。

赤裸裸地炫耀容易引发众怒，不患寡而患不均，你有我没有，你还时刻刻提醒我没有，那我不恨死你，不扎小人诅咒你？

不可能，这是扼杀人性！

我相信，无论是有钱的男人，还是没钱的男人，内心深处都不喜欢女人赤裸裸的虚荣。有钱的男人会觉得，你爱的是他的钱；没钱的男人给不了一切，会习惯性地恼羞成怒。

格非说："我常跟朋友聊天，20 年前，看到很多女孩子都觉得可以娶回去做老婆，漂亮、善良、平和。现在这样的女子越来越少，她们脸上的线条，那种功利性，让我无法喜欢。"有地位的男人，会矫情地怀念"初恋""单纯""情怀"这些东西。

其实，作为一个务实主义者，我更相信，不管是哪一种女人，她们内心都虚荣，不然不符合人性。只是有的人虚荣得太蠢、太赤裸，有些人则聪明一些，把虚荣精心掩盖起来。因此，她们的收获更多一些。

这世界是属于聪明女人的。莫喊莫叫莫放狠话，低调内敛做狠事，牢骚太盛防肠断，风物长宜放眼量。不管嫁到嫁不到有钱人，变得聪明总不是坏事。

初次相亲最合适的约会地点

自从我过了 30 岁，我最怕人家跟我相亲约在咖啡厅，听到这种提议，就会本能抗拒：音乐是轻的，桌上吃的是很有限的，隔壁桌是基本干扰不了我们；各顾各埋头玩手机又不礼貌，这一切注定了——我们要说很多很多话。

你是什么时候感觉到一年与一年不同，现在的自己跟 20 岁的时候终究还是有分别的？

其实，我感受最深的倒不是法令纹，或者别的什么，而是——不知道从什么时候开始，跟陌生人说话我会觉得很累，打不起精神来应付，好像自己没有了从前那种"你们看我多出风头"这种虚荣感，趋向于"你们去发热吧，我只想做个安静的美少女"这种状态。

当然，我是搞写作的人，必须跟陌生人沟通、交流，认识新朋友，获得新信息，这是必需的。但是，没有谁会指望在相亲的人身上获得写作的灵感，稍微可以用来写作的材料——人家都不会告诉你，比如跟前女友相爱相恨的悲情往事。

为什么你来说话呢？男人不应该主动带动聊天氛围吗？

首先，一个三十多岁的女人，你懒得说话，你以为男人愿意卖力说话吗？到了一定岁数的男人都知道珍惜时间成本——这个女人没戏，立刻转下个目标，很少有相亲男人会热忱如少年。

有个男人，跟我妈说他爱我，却不跟我本人说，非得让我妈来转告。这个逻辑我最初真是百思不得其解，后来我才反应过来，他只是想节省自己的精力，让我妈搞定我而已。

前不久，有个女友说，有个男人跟她相亲，说自己没微信。后来女友对介绍人说，这年头连微信都没有，算了。结果，那男人立刻发微信过来说加她好友，并表示对她很有好感。

看，男人连聊微信的工夫都想省了，直接几通电话、几顿饭搞定，准备领证结婚。现在的人都多么懒惰啊，你爱热忱少年，他不爱热烈少女吗？

林忆莲在歌里这样唱："放肆摇动着灵魂，贴着每个耳朵问，到底哪里才有够好的男人？没有爱情发生，她只好趁着酒意释放青春，刻意凝视每个眼神，却只看见自己也不够诚恳……"

你凭什么不感激相亲的时候那些"卖力"跟你聊天的男人？不管他技术好不好，总归是上蹿下跳，绞尽脑汁，想方设法满足你，这个在态度上已经是非常值得赞扬了。

然而，这里又有个尴尬的问题。其实，男人是愚笨的，他们很多时候比女人笨很多。老赵就说过，男人就是蠢，以及自我感觉超级良好；女人但凡会装一点点，他就能把你"看他像傻子"的眼神理解成"满满的欣赏"，并由衷地感到得意非常。

所以，有时候坐在对面，看到一个男人沾沾自喜地以为已经取悦到你的时候，真是尴尬成癌了，尤其像我这种打算写文章要大量收集资料的人！

每次都听到男人以一种非常自得的，好像发现了新大陆一样的语气讲一个我已经听过八百次的段子的时候，那种内心的咆哮感真让人无语——比如，有个男人很卖力地讨好我，说："原来你喜欢梁朝伟啊，梁朝伟是很厉害的，拿了好多奖，金鹰奖什么的。""嗯嗯嗯，你说的都好对。"

Oh，这种感觉，你能理解吗？就好像他煮了一碗很难吃的面，碍于情面，不得不说"好吃好吃"。

所以，有时候，我宁可对对方冷淡一点，再冷淡一点，他卖力，我演戏，根本没人真正享受到。

综上所述，约在一个必须聊很久的场合，而你们双方的颜值和身材无法让彼此一见钟情，在相亲的主旋律框架内一般又聊不出什么火花的情况下，这里就有几个关键问题需要解决：

其一，你俩谁愿意卖力？要是两个人都不愿意卖力，这将是非常不体面的一种局面。

其二，你卖力，对方领不领情？你满嘴泡都说破了，人家看你就一傻子；你觉得自己劳苦功高，人家看你就一"事儿妈"。

其三，聊多了，聊糊涂了，容易落下口实。到时候没谈好，再经过介绍人的弯弯绕绕，最后彼此都容易不做情人做仇人，说起这人都窝一肚子火，伤和气，也伤名声。

到这时候，你们就明白我不是标题党。

初次相亲约在哪儿，当然是约在那种不需要说很多话的地方，看电影当然也是一个合理的选择。如果约吃饭，首选当然就是——当当当，吃小龙虾。那种店里，环境又吵，交谈一句都要跟隔着座山似的互相喊话，然后还可以自然体面地转移注意力——

啊，嘴上一嘴油，纸巾呢，纸巾在哪里？时刻提高警惕，当心，别把油渍溅在胸口了！"老板，再拿些手套来！"手上不停地剥，嘴里不停地咬，你们还哪有空互相说什么话。

相信我，这样的两个小时，比待在咖啡厅的两个小时要快多了。

"什么，小龙虾会留下不美的印象？"现在80%的相亲都是今朝一重逢，万年不相见，基本上都是一次性的事儿，以后谁还认识谁！万一，人家看过你吃小龙虾的狰狞样，脸上妆也花了，嘴上油渣渣，牙齿上贴葱花，人家还能再联系你——表示你太可爱了。

那如果是真的，毫无疑问，他对你，是一种来自灵魂深处的"好感"，这就真是"海底珊瑚尤可网，世间难得有情郎"，你，一点儿也不亏。

真假君子

别意外，有不少男人常常会不经意，或者刻意地"调戏"你。当然，大家还没那么熟络，此时就暴露自己的丑陋嘴脸，就有点不是很合适了。

不过，如果"调戏"的有水准——要知道，真有水平的人，这世界上就没什么事是不适合他干的。

遗憾的是，我认识的男人中，大多都是人模狗样，自诩风趣幽默，实则令人厌恶至极。

比如，有一个男人将欢爱之事宣之于口，还嘻嘻地望着我笑，挤眉弄眼地看我如何反应。

我当然只有一个反应——微微一笑很倾城。像这种人，直接拿去浸猪笼才痛快！

京剧老本子《游龙戏凤》，正德皇帝调戏酒家女李凤姐，追着人家跑，李凤姐就跑进自己房里，把门关上。正德推门，李凤姐不开，正德就在外面喊："李凤姐，你闭得好紧啊，我进不去啊！"看，正德帝"戏"李凤姐，纵然明白如话，却没有生活中那般不堪、胡搅蛮缠！

《水浒传》里，西门庆怎么撩拨潘金莲的？从可怜她嫁了个卖烧饼的矮子，到故意把筷子掉到她脚下，于是趁机去捏她的小脚。当然，凭西门大官人的本钱，直接强娶潘金莲也不是不可以，但如此一来，故事就没这么好看了。

我以为，温柔乡里沉醉，或许是对情欲最好的把握——多情，好色，而不淫，这才是君子所为。

形容一个女人情动的状态，汉语的词汇量太大，除了"看，又发骚了"这种直白描述外，还可以说"花心摘，柳腰摆，似露滴牡丹开"这么文雅、古典的话，别有一番滋味。

我一直觉得，写文章的人无法避讳两性话题，甚至两者之间还有共同之处。道理都是那个道理，只是怎么去写的问题。谈论性爱话题，要懂得怎么说，才能令你变成一个体面的人。

任何人，若发情粗鲁如动物，写文章直白跟闲聊一样，就不怎么体面了，对不对？

做人，说到底，求的还不是点体面，对吧？

无论你爱与不爱，都是历史的尘埃

我爱逛名胜古迹，可总逛得我一脸茫然。

朋友带着我去逛圆明园，走了几步，我感到没兴趣——放眼望去，只余几块残砖破瓦。她说："你得想象，百年前这地方是亭台楼阁，那地方绿水泛波，这儿有一艘画舫，有漂亮姑娘在上面唱着小曲儿——"

我努力想了很久，抱歉，我实在想象不出来。我想，跟我有一样感觉的人有不少。

逛景山公园，一堆人指着崇祯上吊的那棵树议论纷纷："这么多年了，这树还是原来那棵树吗？崇祯真在这吊死的吗？会不会是重新弄的？"

也许没一个人愿意想象，当年李自成闯进来，这个贵为天子的男人神经质地赐死了两老婆，赶走了儿子，用刀砍死、砍伤自己的女儿，一脸凄惶、万念俱灰地爬上了这座山，选了这棵树结束了自己的一生。

即使上天赐予我们丰富的想象力，但是那跟"感同身受"

实在相差甚远——今天的人走在紫禁城内，怎能想象这高墙内，有那么多终其一生连皇帝面都没见过就老死在宫中的女人？而当年的皇帝又怎能想象，只有皇家贵族才能进入的宫门，如今对所有付得起门票的人全数开放？

粤剧《帝女花》中，最打动我的句子竟然不是那段绝美、诡异的《香天》，而是明朝灭亡后，明朝驸马周世显重遇长平公主，乱世变迁，他叹道："叹崇祯，巢破家倾，灵台里，叹孤清，月照泉台静，一碗冷饭也无人供奉。"

在我看来，这就是历史，过去就过去了，一碗冷饭也欠奉。今天的人凭借想象的翅膀，其实嗅不到真实的历史味道。

少年时，我被那句"远方除了遥远一无所有"迷惑，如今，我被历史迷惑。我们不知道未来，其实我们也不知道历史。

在南京的鸡鸣寺，不信佛的我惯常大大咧咧地闯入一间庙堂，一位老妇人掩面哭泣，只留给我一个颤动的背影。我这才惊觉，这间屋子四壁的墙上都是灵位，既有年轻无邪的脸孔，也有白发苍苍的面容。

我站在那里，眼睛迅速扫过墙上的面孔，我忽然糊涂了，他们跟我是不一样的，似乎他们从来就没有活过，本来就是死的。活着的人想象不到死，对他们来说，死了的人都不像活过的。

走在这个城市的任何一条街道，迎面走来的任何一个人，哪怕是苟延残喘坐在轮椅上奄奄一息的人，其实曾经都是年轻的、活蹦乱跳的，这个事实多么的不可思议！你想象得到曾经的那张年轻脸孔吗？你猜得到他们年轻时候的细节吗？我想是很难的。

穿越时间的隧道，若是重新回到当年的高中，迎面走来的那个扎着马尾，露出大脑门儿，穿着深蓝色校服，稀里糊涂的，16 岁的，爱在晚自习抄写席慕容、汪国真诗作的小姑娘，我认识她吗？

我想，多半是认不出来的。每年回老家，我都因为父母的衰老而难过，但是说起来，我已经不太记得他们 30 岁的模样了。

很多的事情与情绪，当年发生的时候，我心里默默地想：啊，我永生都会记得这个细节，永远不会忘记这一刻，可是如今我几乎全忘光了——"昨日重现"的美好愿望全部落空了。

时间有摧毁万事万物的力量，在时间面前，我们什么都不是。

时间摧毁伤痛，摧毁爱情，摧毁年轻，摧毁记忆，摧毁一切。

我开始变得很少跟人谈未来，未来还是一片雾蒙蒙的，谁都不知道那是什么样的。而我也无力与人谈过往，回忆过去，好辛苦、好累。

终于，我只跟人谈现在，现在就是一切，只有眼下的这一分钟最真实，其余的都是虚妄。

曾有人跟我谈论幸福究竟应该是怎样的，我以为，能顺畅地呼出下一口气，就是幸福——如此而已。